文春文庫

アルカトラズ幻想

上

島田荘司

文藝春秋

アルカトラズ幻想　上●目次

◉下巻目次

アルカトラズ幻想　上

第一章　意図不明の猟奇

1

一九三九年十一月二日の早朝、グレゴリー・ブレイズは、ワシントンDC、ジョージタウン大学脇にあるグローバーアーチボルド・パークの森を歩いていた。大学で飼っているラブラドール犬の、朝の散歩を言いつかっていたからだ。森には薄く靄《もや》がたちこめ、空気は湿って冷えていた。

グレゴリーは、ジョージタウン大の、女子寮の管理人をしている。女子寮脇の小さな建物に一室を与えられて、そこを自宅にしていた。もっとも、大学側は自宅にというまでのつもりはなかったろうが、独り身の身軽で、家にしてしまった。

この家の物置に、犬が住みついたのだ。グレゴリー自身は犬を拾ったり、連れ込んだりした覚えはない。おおかた女子大生の誰かが拾ってきてここに置いて、勝手に餌をやったのだろう。しかし、追及してみても誰も口を割らない。あきらめたら、グレゴリーの仕事がひとつ増えた。

といっても女子寮管理人の仕事は、新入生受け入れの時期は忙しいが、普段はさして多くはない。住人が友達を連れて寮の部屋に戻ってきたような時、受付にすわっているグレゴリーに、友人の顔を見せて名前を告げていく。当人にはIDを提示してもらい、それらのデータをリストに記載する。毎日の仕事はその程度のことだ。あとは親たちからの伝言だの、友人からの伝言だの、水漏れ、トイレのトラブル、清掃人の管理、ワーカーたちの手配や案内、指図、そんなところだ。

グレゴリーはこの仕事が気に入っていた。緑が多い大学の構内にある自室も、環境は最高だったし、室内の作りも小ぎれいで、小ざっぱりと片付けていれば、女性教授の部屋と言っても通りそうだ。窓辺に花などのぞかせていると、親しくなった女子大生が、パイを焼いたといって、持ってきてくれる。お茶を淹れて他あいのないおしゃべりなどしていれば、ボーイフレンドについての相談をされたりもする。キャンパスをぶらつけば、女子大生たちが手を振ってくる。ニューヨークに住んでいる妹も、たまに子供を連れて遊びにきてくれる。

窓は白い窓枠の出窓になっていて、花柄のカーテンを開けたら、学生たちが散在する芝生のキャンパスが見える。彼らは卒業したらこの別天地を出ていくが、グレゴリーはずっといていい。敷地のあちこちには季節の花が咲く。これら植物の世話は、グレゴリーの担当ではない。専門のガーディナーが通ってくる。古くて黒ずんだ石積みの校舎には、この大学出身の政治家の後援会の垂れ幕が見える。けれど最近は、戦争のスローガンが下がることが多くなった。

海の向こうで、戦争が始まっていたのだ。大学の構内にいればピンとこないが、憂鬱な戦争だ。新聞に読めるアメリカ人の感性も、世論も、最近はぎすぎすしてきた。ドイツは手ごわい敵だ。政治家は、この一年ずっとアメリカ参戦を叫んでいた。チェンバレンが日夜それを求めているからだ。だがグレゴリーは、そんな気分になれなかった。彼の思いは、多くのアメリカ戦中派の代表的なものだ。グレゴリーも参戦した前の戦争は、それはひどいものだった。だが塹壕のぬかるみを何ヶ月もはいずり、砲弾飛来の恐怖に堪え続けたあの地獄の日々は、結局誰にも勝利をもたらさなかった。欧州に、ヒトラーとナチを生み出しただけだ。だからアメリカ人の誰も、もう戦争をしたがっていない。どの母親も、息子を欧州戦線に出したがっていない。これは、ヨーロッパ人が勝手に始めた戦争だ。アメリカ人は関係ない。

グレゴリーは、大学の前から出るバスで丘を下って二十分ほどのロズリンという町に、アパートを持っていた。だがめったに帰ることもなく、家賃が無駄だから、引きはらってしまった。独り身なのだから、大学内のこの小部屋ひとつで充分だった。

もうそろそろ五十に手が届くが、グレゴリーは女房を持った経験がない。したがって、当たり前だが子供はない。これまでの人生で、女に興味がなかったわけではないが、どうにも夢中になれなかった。グレゴリーにとって女は、勝手で、刹那的で、言うことがころころと変わって、自己愛情ばかりが強く、信用のできない相手だった。少なくとも、これまで知り合った女はそうだ。

欧州戦線に従軍した時、許嫁《いいなずけ》とした女はいた。けれどある日戦場に手紙が来た。町の慰問パーティで知り合った感じのよい少尉さんと愛し合う仲になりました。かつて愛した人だからこんなお願いもできます、どうぞ別れて、私を自由にしてください。狡猾な言い廻しに怒りが湧いた。勝手にしろと返事をして、以来女に気持ちを許したことはない。

世の中にいい娘はいる。それは解っているのだが、グレゴリーにとって女という生き物は、こんなふうに管理人をしている者にとっての女性教師のような存在だった。相手はお高いから、こちらは礼儀を守り、遠慮がちにおずおず口をきくことしか許されず、たまには冗談も言ってはくれるのだが、しょせんは立場が違い、どこか上から目線で、親しい関係になることなどイメージができない相手だった。女学生はというと、今度は一転親戚の子か、どこかで疎遠になっていた自分の娘のような感じだった。恋愛対象とするには、こっちの歳がいきすぎた。

だがまあいい、とグレゴリーは思う。これでいい。今の仕事は気に入っている。死ぬまでこのままでいいと思っている。

突然犬が吠えた。同時に、リーシュを持つ右手が猛然と引かれた。犬は走りだそうとしている。これまでに経験がないような激しい反応で、グレゴリーは面食らった。異様な吠え方、異様な突進のし方だ。犬は、口から猛烈に白い息を吐いて吠え、もがくように後足を動かして、地面で空回りさせる。グレゴリーが動かず、リーシュを摑んで制しているからだ。

何か見つけたらしい。それで走りだすことはせず、激しく行きたがる方向に、リーシュを握りしめ、引かれながら歩いていった。

草を踏んで進むうち、犬の気迫に負けて、少し小走りになった。そうすると靴が草を蹴るから、わずかにしぶきを感じた。昨夜、霧雨でも降ったのかもしれない。

しぶしぶ小走りになりながら、グレゴリーはともすると開きそうになるコートの前をかき合わせた。開けば体が冷気を受け、寒いからだ。

前方の木の下に、人影がひとつ、ぽつんと立っていた。ブナの木立の間だった。だが、それにしては妙だった。両手を上にあげている。それもずっとだ。おろす気配がない。そして、妙に背が高い。

女のようだった。髪が長い。一人きりだ。ブナの木立の下に、前を向いて悄然と立っている。毅然とするふうのその姿に、異様を感じた。

グレゴリーは慎重になり、歩速をゆるめた。そして犬を無理に制し、ゆっくりした歩きになって、女に近づいていった。

別の異様を感じた。しかし、理由はしばらく解らなかった。見たこともない光景がグレゴリーを待っていた。しっかりと前方を見るふうの女の顔の全面を、前に垂れた髪が隠していた。栗毛で、髪の量は多いが、手入れがよいという感じではなく、そう若い女ではない。

両手を上にあげ、背が高く見えたのも道理で、女の体は宙に浮いていた。茶色の靴を履いた女の爪先は、草のわずかに上にあって、空中で静止していた。その様子が、まずはグレゴリーの思考を混乱させた。微動もしない靴。ジャンプした女が、空中で静止しているように感じられたからだ。時間が、森の冷気に凍りついたように見えた。

グレゴリーは、女の厚手のコートの上から、わずかに体に触れてみた。少し押す感じになり、女の体が空中でわずかに揺れた。ごく振幅の短い、振り子のようになった。しかし、顎をあげた頭部は動く気配がない。体にも、ぬくもりは感じられない。どうやらもう生きていない。そう考えた時、グレゴリーの背筋が冷えた。衝撃が精神を貫き、森の冷気以上に冷やした。

グレゴリーがそうしている間も、犬は猛烈に吠え続ける。なんらかの異常を感じ続けている。それはグレゴリーも同じだったが、思索が混乱して、いつもの調子が出ない。

さっきから、なにごとかの異常を感じている。しかしそれが何なのか解らない。だが死体の前に来た今、次第に解りはじめた。臭気だった。尋常でない匂いがしている。それが、犬の嗅覚に訴えたのだ。

グレゴリーは鼻を鳴らした。戦場を体験したグレゴリーには、その匂いの由来が解った。悪い記憶が呼び起こされたからだ。匂いは、血だった。大量の血が、どこかに存在している。それも遠くない場所だ。

塹壕の中で、不運にも砲弾の直撃を受け、手足を引き裂かれ、内臓を散乱させた戦友の死体が視界でよみがえり、グレゴリーは顔をしかめた。あれだと思った。あの時と同じ匂いだ。

しかし目の前にぶら下がる女の着衣には、血の付着は見られなかった。焦げ茶色をしたウールのコートにも、その下から少しのぞくスカートにも、上方で、肘から先の肌を露出させている二本の白い腕にも、血の色はない。しかし血と、臓物を思わせる強烈に生臭い匂いは、絶えずグレゴリーの鼻腔を打つ。臭気が、朝の空間を充たしている。

グレゴリーは、周囲を見廻した。ブナの木立が密生し、足もとには草が生えている。緑が充ちた空間。地面にはどこにも、血の跡はない。そして周囲、視界が及ぶ限りに人影はなかった。

こいつは大事件だ、とグレゴリーは認識した。自分は一人きりで、生涯に何度もはない大事に直面している。しっかりしなくてはならない。落ちつけ、落ちつけ、と思う。対処を間違えてはならないぞ、と自分を叱咤した。

犬の激しい吠え声に堪え、グレゴリーはいっとき立ち尽くし、それからおもむろに上方を見た。女は両手を上にあげていた。異様なことに気づいた。女は、両手首のそれぞれを縛られ、ロープで木の枝からぶら下げられていたのだ。ロープの残りは、女の首にもからみつき、これも上方に引き上げている。つまり女は、右手首、左手首、そして首と、三ヶ所でブナの枝から吊り下げられていたのだった。そのため、女の顔は引き起こされ、じっと前方を見つめ続けている。

リンチか？　とグレゴリーはまず思った。だが、それにしては妙だ。姿勢を低くして覗いてみる女の頬にも、首筋にも、白い肌の剝き出した二本の手にも、皮膚に傷の類いはない。切り傷も、擦り傷も、痣の類いも、つまり暴行の痕跡はないらしく見えた。これでリンチはあるまい、グレゴリーは思う。

足は――、と思って視線を下げていき、グレゴリーはぎょっとして、いよいよ凍りついた。あまりのショックに、声が出なかった。

女は素足ではない。ストッキングを穿いていた。そしてその先に、茶色の革靴を履いている。草の上で、爪先がわずかに揺れている。

二本の足のほかに、異様なものが見えたのだ。何かが、何か異様なものが、二本の足と、靴の間に垂れ下がっている。

垂れ下がったそれは、地面には届いていず、先端は空中にあった。そして霧の朝のにぶい光線の中で、ぬめぬめと光っていた。最初は蛇かと思い、仰天した。しかしそうではない。しかし、ではこれがいったい何なのか、当分の間、見当もつかなかった。

グレゴリーの口から、知らずうめき声がもれた。血の匂い、生々しい臭気のもとが、これだった。赤黒く濡れた、これは人間の臓物のようだった。それが、スカートの下からのぞいている。女の足の間から、ぞろりと垂れていたのだ。

どうして⁉　グレゴリーはまず思った。どうしてこんなことになる？

犬は絶えず吠え続けていたのだが、グレゴリーの耳も、頭も、もう何も聞いてはいなかった。異様で理解不能、意味不明の不快な現実に接した衝撃から、思考が真空になった。冷気の中で、そのまま呆然と立ち尽くした。

2

ワシントン東警察署のロン・ハーパーが、グローバーアーチボルドの森にやってきてみると、科学捜査研究所の連中による、お定まりの大騒ぎが始まっていた。現場のブナの木の間には黄色い綱が張り渡され、草の上には防水シートが広げられて、遺体はその上にあおむけに寝かされていた。さいわい、ブンヤはまだ嗅ぎつけてはいない。

人だかりの中に、同僚のウィリーの赤ら顔を見つけた。もう来ている。図体が大きい男なのだが、意外にフットワークが軽いのだ。

「ウィリー」

ロンは声をかけた。

「早いな」

しかしウィリー・マクグレィは、ちらと一瞥をよこしただけで、またすぐに横顔の赤い頬を見せる。様子が少しおかしかったから、

「ヘイ、調子はどうだい」

と訊いた。するとウィリーは、溜め息のような声と一緒に、

「おはよう」

と無愛想に言って、ちょっとソフト帽を持ちあげた。

「おはよう」

ロンも返し、帽子のつばをつまんだ。

「ガイシャはどこだ」

するとウィリーは、舌打ちのような音を口からもらし、首を左右に振る。待ったが、続きが出ない。唇をかんだ顔をゆっくりとロンに向け、

「ひどいもんだ」

と言った。

「ひどい？　何がだ」

「殺人課の刑事になってもう十二年だ。けっこう長い」

ウィリーは言った。

「そうだな」

ロンも言った。

「俺はもっとだ」

「ここは文明国だなロン」

ウィリーは、一見関係のないことを言う。

「そう思うね。自由と平等の先進国の、首都だ。ここが文明国じゃなきゃ、地球上に文明国はないぜ」

ロンは言った。

「海の向こうじゃ、文明国同士の殺し合いが始まってるがな」

ウィリーはうつむいて言う。

「俺もそう思っていたが、こんなひどいのを見たのは、刑事になってはじめてだ。正直、気分が悪いぜ。さわやかな朝の緑の中だってのにな、朝飯は抜くことになりそうだ。わけが解らん、どうしてこんなことをしたのか。いったいどこのゲス野郎だ、ナチだってこんなことはしないぞ」

「彼女、傷つけられてるのか?」

「ああ」

「犠牲者は女のようだな。変態か?」

「変態かって? それもとびきりのな。来てみろ」

ウィリーは大柄の背中を見せて先にたち、草を踏んでいく。

科学捜査研究所のアレックスが、かがみこんだり立ったりしてフラッシュを光らせ、さかんに女の顔の写真を撮っていた。

「写真はいつできる」

背後から、ロンは訊いた。聞き込みに必要になりそうだったからだ。

「午後には」

アレックスは応じた。

「一ダースも焼いとけ」

ロンは命じた。

「映りのいいのをな」

「映りのいい？　美人に撮れているって意味か？」

聞きとがめ、アレックスが訊く。

「そうだ。マリオン・デイヴィスばりのやつを頼むぜ」

アレックスは、何か文句を言おうとしてロンを見て、口を開きかけたが、すぐに自分の仕事に戻った。

「どこがだ、きれいなもんじゃないか」

ロンが、横のウィリーに言った。

「一見な」

「ハンドバッグは？」

するとウィリーは、首を左右に振った。

「持ち物は何もない」

「持ち去られているんだな」

「ああ」

「こんな季節に、女がバッグの類いを持っていないなんてな、あり得ない。身元を隠すためだ。ポケットは？　コートの」

「何もないな、何ひとつない」

「抜かれているのか。財布も、運転免許証も」

ウィリーは首を振り続ける。そして言う。

「きれいなもんだ」

「持ち物がないから、マリオン・デイヴィスか？」

カメラを持ったアレックスが訊いた。

「ホア（売春婦）だ。そう思わないか？」

ロンが言い、するとアレックスとウィリーは立ち尽くした。いっとき無言になった。

「かもしれんな」

アレックスがぼそりと言った。

「ちょっと年増だがな」

「だが暗がりならマリオンにも見えたろう」

「化粧でか？」

「ああそうだ。手がかりがなきゃ、今日の午後から、そういう近眼野郎の客を、何ダース も聞き込むことになる。だから写真がいる」

ロンは言い、アレックスはうなずいた。ウィリーは言う。

「ああ、そうだな」

「俺はごめんだな。聞き込むのも、訊かれるのも」

アレックスが言った。

「何故だ」

「憶えてるもんか」

「そうか？」

「街に立っている女が、酔っ払いに声をかける。かけられた酔っ払いは、顔なんか見ちゃいない」

ロンはうなずいて、女の顔を見た。若くはなかったが、見ようによっては可愛い顔だちだった。顔も体も、やや小太りだったが、こういう体形の女を好む男もいる。上瞼を中心に、化粧は厚い。顔を近づければ、目尻の小じわの上に、引っかかるように乗った脂粉も見て取れる。顎の下あたりには脂肪が付きはじめている。小鼻の脇、目の下あたりもそうだ。齢の頃は四十すぎといったところ。それ以上若くは見えないが、それはこの朝の外光の残酷さのせいかもしれない。

女は、茶色のウールのコートを着ていた。ここではさすがに服は脱がされていない。しかしこれから署に持ち帰られ、さんざん裸の写真を撮られるはずだ。

コートの下は濃い緑色のセーターで、下はグレーのスカートだった。やはり毛ばだった厚手の生地だ。ストッキングを穿いていたが、これは薄手のおしゃれなもので、男の気を引くため、女たちが穿く類いのものだ。防寒だけを考えたら、これももっと厚手のものを穿いていていい。

「マリオン・デイヴィスに見えたかどうかはともかく、暗がりではそれなりに可愛く見えたかもしらんな」

ウィリーは言った。二人にちょっと手をあげてから、大型カメラを大事そうに抱え、アレックスが去っていった。

「この匂いは何だ？」

ロンは言った。するとウィリーは溜め息をついて、死体の脇にしゃがんだ。それから振り返って上目遣いになり、

「覚悟はいいか？」

と訊いた。ロンは戸惑った。

「そのつもりだが？」

ウィリーは、女のスカートとコートの裾を摑み、そろそろと持ちあげていった。女の足の間に、赤黒いものが現れた。

「なんだ、それは」

ロンが驚いて訊いた。

「内臓だ」

ウィリーはそっけなく言った。

「より正確には、子宮と、膣だ」

「子宮と膣だと？」

ロンは頓狂な声をあげた。

「膀胱もな」

「どういうことだ？　何故だ？　どうしてこんなことになる？」

ウィリーが、スカートを持ちあげ終わった。皺を寄せて、女の下腹の上に置いた。ストッキングをとめているガーターベルトが見えたが、女は下着をつけていなかった。褐色の毛が、朝の鈍い光にすっかり晒された。

「最初から穿いていなかったのか？」

ウィリーは首を左右に振る。そして言う。

「ない」

内臓は、女の足の間から棒状に伸びていた。湿気は乾きはじめていたが、まだぬめぬめとした様子は残っていた。乾いた今は赤黒いが、当初はもっとピンクに近い色をしていたろう。解剖を何度か見た経験から、ロンは想像した。

「どうしてかって？　どうしてこんなことをしたのかは、犯人の変態野郎に訊け」

「これは、女の……、あそこから出ているのか？」

「ああ、はみ出してるのさ。どうしてこうなったのか、なら解る。女はあの木の枝にぶら下げられてた。だから女のあそこから、地球の引力に引かれて、これがはみ出したのさ、下に向かって」

「どうしてはみ出す」

「性器のぐるりが斬られているからだ。性器の周囲にナイフを突き入れられて、ぐるっとひと廻り、楕円状に切り込みを入れられてるんだ。そうした上で体をぶら下げられたから、時間が経って、膣や内臓がゆるゆるとおりてきたんだ」

ロンも、さすがに絶句し、言葉が出なかった。

「さすがのベテランデカも、声を失ったな」

ウィリーはちょっと愉快そうに言って、スカートとコートの裾を戻し、立ちあがった。

「そんなことが起こるのか」

「らしいな」

言って、眼下の遺体を指差す。

「現に起こっている」

「どうしてだ、どうしてこんなことをした……」

「さあてな」

ウィリーは、そっぽを向いて言った。

「解ることは、極度の変態野郎だってことだけだ。俺たちが見たこともないようなな。

並はずれた変態だ」

しかしその言葉には反応せず、ロンは立ち続けていた。

「娼婦に、強い恨みを抱く者か……」

「あるいはな。これが娼婦とすればだが。だが、名前も解らん。何も身につけてない」

「性行為はあったのか？」

ロンが訊く。

「まだ解らん」

「服に名前もなし、ポケットに財布も名刺もなしか」

「職業娼婦、仕事場と電話番号はこちら、と書いた名刺を持っていてくれれば楽なんだが」

「昔から、戦争が始まれば変態野郎が現れるもんだが……」

「そりゃ、戦場での話だろう。あるいは変態野郎の兵隊が、国に引き揚げてきてからだ。戦争はまだ始まったばかりだぜ」

ウィリーは言う。

「死因は何だ」

「解らん。外傷の類いはいっさいない。切り傷、擦り傷、刺し傷、打撲の痕跡、まったくない。着衣に穴も、破れも、血の染みもない。きれいなものだ」

「傷は一ヶ所、商売道具の周りだけか」

「首を吊られていた。両手だけではなく、あのロープで、枝にだ。絞殺のカムフラージュかもしれん」

ウィリーは、防水布の一角を指差した。ロープがひと塊り、束ねられて置かれていた。それほど太いものではない。

「建設工事の現場などで、ワーカーが使うものらしい。住宅建設用の資材を売る店に行けば手に入る、ごくありふれたものだ。それが、犠牲者の顎の下に巻かれていた」

ロンは、死体の脇にしゃがんだ。そして顎の下、首の周囲を子細に点検した。次に、手指の爪も見た。

「首筋に鬱血の跡も、皮膚に爪で掻いた跡もない。絞殺には見えないな」

「ああ」

「むしろ、左手首の肌が傷んでいるな」

「ああ」

「もっとも、全身をもっと子細に調べないと、はっきりしたことは言えないが」

言ってから、ロンはウィリーの顔を見た。

「性器周囲の切り裂きは、生きているうちではないだろうな」

「それはないと、さっきアレックスが保証していた。死後だ。出血の量が少ない」

　それからしゃがみ、防水布のはしをつまんで、ちょっと持ちあげた。

「この下にも、枝の下のあたりにも、血痕はほとんどない。血は落ちていない」

　そしてウィリーは立った。ロンは立たなかった。そしてロンは言う。

「ふん。これはあれだな、ロンドンの切り裂きジャックのケースだ。似てる。あれも娼婦への怨みだったかな」

「どうかな、俺は知らない」

　ロンは続いて女のコートのポケットを調べた。中の布を引き出し、裏返した。何も入ってはいない。

　コートをはぐり、その下のスカートの腰廻りを調べた。ポケットがあった。中に、ハンカチがひとつ入っていた。

「ポケットがあったのか」

　ウィリーが意外な声を出した。

「ああ、右側にひとつだ。変態野郎も、どうやら見逃したらしいぞ」

　言って、ロンは緑色をしたハンカチをゆっくりと開いていった。

「ホアの線が高まった。見ろ、コンドームだ」

ウィリーが覗き込んだ。

ロンは、それをハンカチごと防水布の上に置き、自分のハンカチを出して右手に巻き、袋に入ったコンドームをつまんだ。

「ひとつきりか」

「そうだ。だがこれは予備かもしれん。大半は、なくなったバッグに入れていたんじゃないか。お、これは何だ？」

ロンは、その下にあった白い小さなカードをつまみあげた。

「診察予約カードだ。意外だな、これは小児科のものだ。明日の予約になっている。彼女には子供がいる」

「貴重な発見だな、子連れの娼婦か」

「ああ」

「もしくは預かっているのかだ」

「他人の子を、売春婦をやりながらか？」

ロンは言った。

「名前は書かれていないか？」

「ある。マーチン……、デントンだ」

「デントンか、それが彼女の姓である可能性……」

ロンはうなずく。

「充分ある」

「住所は」

「ファースト・ストリートSW一三五、ボブ・クリッペン医院。サウスウエスト地区だ。患者の住所は書かれていない」

「まずここへ廻りたいが……」

「これを通報した発見者は？」

ロンは訊いた。

「この脇のジョージタウン大の、女子寮の管理人だ。グレゴリー・ブレイズという男で、仕事があるというから帰ってもらったが、ずっとキャンパス内の自室にいると言っていた。犬の散歩の途中で発見したんだ」

「君は会ったのか？」

「会った。だがすぐ別れた。彼は何も知らないようだった。ここを通りかかっただけだ。あそこの道を」

ウィリーは彼方を指差した。

「では俺が一人で行く。君は帰って、署中のファイルをひっくり返して、過去これと似たパターンの猟奇事件はなかったか調べるんだ」

「あるもんか」

ウィリーは言った。

「世界中の警察署のファイルを調べてもあるものか」

「それを確かめたら、アレックスの写真があがるのを待って、持ってクリッペンのクリニックに車で来てくれ。昼食後の一時半に、サウスウエストで会おう。彼女の写真があった方がいい。なければ二度手間になる」

「解った」

ウィリーは言った。

3

ジョージタウン大のキャンパスに入っていくと、グレゴリー・ブレイズの住まいはすぐに解った。黒ずんだ石積みの小さな平屋が、やはり石積みで、中世ふうの尖塔を持つ立派な校舎のかげに、ぽつんと建っていた。校門からそう離れてはいず、白い木枠の窓と、木製のドアが塡《は》まっていた。ドアは薄グリーンに塗られ、ノッカーが付いている。ロンは、ノッカーを打った。

中から返事があり、ロンはドアを開けた。大学名が背中に入った上着を着た男が、こちらに背中を見せて、キッチンのところに立っていた。ちょっと顔を振り返らせて、

「今コーヒーを淹れていて……」

と言うから、ロンは警察官のバッジを示した。すると、

「ああ、もうそろそろいらっしゃる頃かと。あなたも飲みますよね？」

と訊く。

「ああ、いただきます」

とロンは言いながら、警察官のバッジをしまった。

女子寮管理人は右手で、右側の部屋の奥のソファを示した。ロンはうなずき、帽子を脱ぎ、右手に持ってそっちに向かった。

「あのソファに」

グレゴリーはマグカップを二つ持ち、部屋に入ってきて、ひとつをロンの目の前、帽子の脇に置いた。

ロンは礼を言った。そしてそれに手を伸ばしながら、

「ワシントン東警察のロン・ハーパーです。今、グローバーアーチボルド・パークの現場からこっちへ廻ってきたところです。同僚のウィリー・マクグレィには会いましたね？」

管理人はうなずいた。

「ええ。私は今朝、犬の散歩で通りかかっただけです」

「被害者の顔は」

「見ました」

「知らない人ですか？」

「見たこともありません。犬が猛烈に吠えて、寄っていこうとするのでね、しぶしぶついていったんです。最初は立っているのかと思った、ブナの木の下にね。だがあんなひどい死体だった」

「今、時間は大丈夫なのですか？」

「朝の見廻りが終わったところでね、この時間は大丈夫です」

「いい環境ですな」

「ああ、最高ですよ」

「公園の中で暮らしているようだ。仕事は忙しいですか？」

「雑用は多いです。あれこれ頼まれます」

「犬の世話とか？」

「ああ、それもそうです」

それからなんとなく会話が途切れて、コーヒーを飲みながら、二人で窓の外の芝生を見た。

「大学の中は別天地で、暴力事件もありません。大学の仕事に入ってもう十年以上になるが、学生同士の喧嘩も記憶にない。校門の中は、全米一、二に治安がいいんです」

グレゴリーが言った。

「ジョージタウンは名門校だ、あなたもこちらの卒業生？」

「いや、私は違います。ともかく、だから驚いた。足の間に垂れ下がっていたあれは……」

「内臓です。正確には、膣と子宮だ」

「おお神よ！」

管理人は、顔をゆがめて言った。

「何故そんなことを」

ロンは首を横に振った。

「性器の周囲を、ナイフで切られていた。それで体をぶら下げられたから、内臓や膣がおりてきたんです」

「なんということだ。いったい誰が」

「調べなくてはなりません。ここは現場に近い。何か耳にしたことなどはありませんか？」

「私が？」

「そうです」

グレゴリーはゆっくりと首を左右に振った。

「見当もつかない、こんな事件、聞いたこともない。まるで切り裂きジャックだ。そんな恐ろしいやつが、このあたりをうろついていたということですか」

ロンはうなずいた。

「被害者は、あの女性は、誰です？」

「それを調べなくてはね」

「職業などは……」

「不明です」

「お解りと思いますが、ここには女子大生が多い。寮には大勢の若い娘が暮らしている。彼女らに、警戒するように言わなくてはならない」

「言ってください。犯人逮捕までは、夜は一人で出歩かないようにと」

「寮の掲示板に貼り紙をしておきます。ほかに書くべきことは？」

「今はまだ」

ロンは両手を広げた。

「捜査を始めたばかりだ」

「暴行の痕跡は」

「科捜研が調べています。新聞発表もまだです。だから、他言は無用に願います。女学生たちに、何か変わった様子はありませんか？」

グレゴリーは首を左右に振った。

「別に」

その時、玄関でノッカーの音がした。

「はい」

と言ってグレゴリーが立ちあがり、ドアの方に向かうと、それを待たずにドアが開き、娘の声がした。

「ブレイズさん、大変よ。グローバーアーチボルド・パークで、女性の変死体が出たって。サラ・ベルナール症候群じゃないかって……、あっ」

娘は口に手を当てた。

「ごめんなさい、お客さんだったのね」

「お嬢さん、警察の者です」

ロンが急いで立ち、警官のバッジを提示した。そして、あわてて姿を消そうとする娘を制した。

「ちょっと待って。今のサラ・ベルナールというのは？」

そして、栗毛の娘の方に寄っていく。

「ごめんなさい私、よけいなこと言っちゃって」

「そんなことはない、どんなことでも参考になります。サラ・ベルナールとは？」

すると娘は、頬を赤くして、下を向いた。

「フランスの女優さんです、十九世紀の。棺桶の中で眠っていたって……」

「何？　何の中だって？」

「棺桶です。棺桶をベッド代わりにして、眠っていたんです」

「どうしてまた？」

娘の前に立ち、うつむいた彼女の顔を覗き込むようにした。

「あの、心理学の講座で、聞いたことなんですけれど」

娘は消え入るような声で言った。

「うん」

「私はあまり詳しくありませんが、フランスでは、娼婦宿で、屍姦趣味の人向けの宿があって、娼婦が死体になって、お客が牧師の扮装をして、それで行為をさせるっていう、そういう趣向のサーヴィスがあったんだって」

「ほう、何故そういうことを？」

「さあ、当時そういう趣味の男性が多かったんじゃないかと」

「死体と交わる趣味？」

「はい。死体が損壊を受ける殺人事件がよくあったってみんな。でも、私はよく知りません。特殊心理学を受講している学生が……」

「学生が？　学生が今そう噂しているんですか？」

「はい。そういう友達がいるので」

「どこで？」

「レストランで話してました。じゃあ私、これで」

彼女はそそくさと去った。

ロンは、茫然と戸口のところに立ち尽くした。そしてこうつぶやいた。

「ブンヤより情報が早い」

グレゴリーも苦笑した。そして言う。

「だがこれで、貼り紙をする手間が省けた」

「ブレイズさん、腹は減りませんか」

ロンはいきなり言った。

「そろそろランチの刻限だ」

「ああ、多少ね」

グレゴリーは答えた。

「いつもどこで？」

「大学のレストランです」

「案内してくれませんか、一緒にランチはどうです？」

ロンは誘った。

昼食時が近いレストランは、学生たちでほぼ満員だった。ホットドッグとソーダを持って空いたテーブルを探すと、女子大生の声が聞こえる。ロンはその隣りのテーブルについた。

「死体愛好には、多く男性の劣等感が介在するのよ」

と彼女は、興奮した声で言っている。椅子にすわり、ホットドッグに嚙みつきながら、ロンはきき耳をたてた。

「ヘロドトスの『歴史』の第二巻には、身分の高い人物の妻とか、位の高い美人が若くして死んだような場合、ミイラにするのだけれど、ミイラ職人に屍姦されないように、死後三、四日待ってから、職人に手渡したって記述があるわよ」

「ミイラ職人は屍姦が好きだったの？」

「そんなことないわね。そういう者もいたというだけ」

「でも毎日死体と仕事していれば、ハンサムな死体は誘惑かも」

笑い声が湧く。

「そうねレイ。男の場合は、妻帯してるかどうかもきっと関係するわね。プレ・インカ文明の出土品には、死者と交わる者の絵が描かれた壺があるそうよ」

「それは魔術的な意味が生じそう。古代の魔術、呪術には、常にセックスとドラッグが関係しているわ」

「そうね。ドラッグの高揚感は、セックスに似ている」

　誰かが言う。

「女の研究者に特有の見解かしら」

「あらそうかしら、男も同じと思う」

「その通りね。屍姦は、死者の霊と交流する儀式であった可能性もあるって言われてるの」

「中世に女性がやれば、魔女として火あぶりね」

「間違いないわね。でも女には物理的に無理」

　女子学生たちの間で、また笑いが湧いた。

「この行為には多く、男性たちの自尊心の弱さ、劣等感が介在している。それがネクロフィリア。だってミイラ職人の行為には、高身分の婦人たちに対する、身分の低いミイラ職人たちの憧れがあるはず。そうでしょう？　生きている時は話すこともできない相手よ。死んでいれば抵抗されないし、問題も起こされない」

「そうよね、相手は人形と同じ」

「だから死んではじめて性行為が可能になる、身分違いの相手というものはあり得る。でも対等な身分の相手なら、生きていても可能なはずなのに、相手に死んでいて欲しいと願うのは、自尊心の欠如よ」

「死んでいなくては行為不能なら、それはやはり自尊心の欠如ね」

「フロイトによれば、眠っている母親への愛情が、成長とともに欲情に変質するって」

「それがネクロフィリア？　そうかな。それは私、納得できない」

「眠っているパートナーとの性行為の体験が、時間を経過して顕在化するという説もある」

「その方が納得できる」

「死体損壊というのは？」

誰かが訊いている。

「森の事件の死体は、女性の生殖器が傷つけられていたんでしょう？」

「そうね」

「屍姦ののち、犯人は生殖器に傷をつけたと聞いた」

「そうみたいだけど、どういう傷つけ方なのか解らないし、どの程度なのかも不明」

「新聞記事もまだ出ていないわね」

「出ても、その点はきっと伏せられるわね」

「だから、何が目的で行った損壊なのか解らない」

「通常は、男が女への強姦行為の際、相手の首を絞めて絞殺し、すると窒息状態から女性の膣が収縮するので、男性側の性器が強く締めつけられて快感が増すって。だから行われるのよね」

「それは屍姦とは別の話ね。それに、生殖器への傷つけ願望とも違う」

「これにも、犯人の自尊心の欠如が介在しているかしら」

「可能性はあるけれど、性器の損壊は、多く男性器に対して行われるから」

「物理的に、切断しやすい形状ですものね」

また笑い声。

「今度のは、女性に対してでしょう？」

「それもひとつの解釈よね。でも単純に、被害者への怨念の深さを示すことも考えられる」

「どんなふうに？」

「たとえば犠牲者に、自分の彼を寝盗られた。だから、相手が使った武器に対して、徹底報復したのよ」

「つまり同性による加虐行為」

「そう」

「武器そのものにね」

「そうよ」

「ふうん」

「レイ、あなた、これは理解できるの？」

しばらくの沈黙。くすくす笑う声が続く。そして彼女は言った。

「できるわね」

「あらそう。でもいずれにしてもそれは、犠牲者の体に性行為があったか否かよね、それにかかる。つまり膣中に、精液の有無ね。私たちにはこの発射は無理」

「女子学生の会話は殺伐としている」

ロンはグレゴリーにささやき、唇をゆがめた。

「やりきれないですか？」

「やりきれないが、参考にはなる。医学的な会話ととらえれば、なかなか進歩的な意見だ。ここには医学部もある」

「あれは医師や、学者の卵たちの会話です」

「だが、屍姦があったか否かは、まだ不明だ」

グレゴリーはうなずいた。

「何か耳寄りな話を聞いたら、私に連絡してください」

「了解しました」

グレゴリーは言った。

「学生たちの書く論文にも、注意していましょう」

4

ボブ・クリッペン医院は、汚い雑居ビルの二階に入っていた。階段を上がってみると、うす暗い廊下に、子供たちと母親がひしめいていた。廊下を走る子供、ゴムまりを取り合う子供、絵を描く子供、みな大声を出し合い、託児所の中にいるようだった。染みだらけの壁に背を持たせかけて立っていたウィリーが、背中を起こして片手をあげた。そして床を転げまわっている子供を踏まないように気をつけて歩き、寄ってきた。ベンチはみんな埋まっていたからだ。

「なんだここは、幼稚園か」

ロンは言った。

「アメリカでも戦争が始まったような騒ぎだな」

「ああ、この世の終わりのようだ。待っていたら頭痛がしてきた」

ウィリーは冷静に言った。

「そもそもこの連中、これで病気なのか？」

「おとなしくしている連中はそうなんだろう」

「元気なのは付添か」

「母親にくっついて来た兄弟だろうな」

「だいたい医者はどうしたんだ」

ロンは、診察室のドアに塡まった曇りガラスを指差す。明かりが消えている。

「診療はまだ始まっていない」

ウィリーは待合室になっているらしい廊下を見渡しながら、悲しげに言った。

「診察代が取れそうな患者たちじゃない」

患者として来ているらしい子供たちはむろんだが、付き添った母親たちの服も、清潔には見えなかった。

「無料診療所だ。州から助成金が出ている。おんぼろビルの、このくらいのオフィスを維持するにもぎりぎりの額なんだろうよ。昼休憩はとっくに終わった刻限だが、医者も、急いで出勤してくる気にはなれんのだろう」

　ロンはうなずき、溜め息をついた。

「こんな託児所に出勤するのは、確かに気が進まんな」

「この手の病院は、二、三時間待つのは当たり前なんだ。この先のブロックで先週会った証人は、ナイフで腹を刺されてこういう病院に来たが、腹にナイフを突っ立てたまま、二時間待ったと言っていたぜ」

「助かったのか？」

「あれは本当の奇跡だったぜ。だから話も聞けたんだが、当人は死ぬ気でいた。待合室では遺言の文面を考えていたと言っていた」

「とにかく階段室に退散だ、騒々しい、医者が来るまでな」

　ロンは顎をしゃくり、先に立って階段室に出た。

「写真はできたか？」

「ああ、現場の写真もある。吊られた女の様子だ、見るか？」

　ロンはうなずく。

　ウィリーは革カバンを持ちあげ、ホックのついた上蓋を開けた。そして「ワシントン東署」と印刷された茶色の紙袋を開け、何枚かの写真を抜き出して、渡してきた。

「こんなふうにぶら下げられていた。君が来た時はもうおろされていたが。両手首を枝から吊られ、頸部にもロープを巻きつけられて、ブナの枝にぶら下げられていた。あの枝は、比較的低い位置にあった」

写真は、さまざまな位置、角度から撮られている。手首、頸部のアップもある。引いた位置からの全身像、スカートの下から少しのぞく内臓の写真もあった。今会ってきたジョージタウン大のグレゴリー・ブレイズは、この状態を見たわけだ。この写真を見せたら、屍姦と死体損壊について冗談まじりに議論していたあの女子大生たちは何と言うだろう。

「このロープを見てみろ、ウィリー」

ロンは、写真の一枚を指差しながら言った。

「ここからいろいろと解る。犯人は、まずこの左手首を一本、ロープで縛り、枝に放り投げ、吊っている。そしてまた手首に巻きつけ、結んでとめた。残ったロープで、続いて女の右手首を縛っている。それからまた放り投げて枝を渡し、吊り下げている。おそらく近くに台がなかったから、そうするしかなかったんだ」

「一人で可能な仕事か？」

「というより、これは一人の仕事であることを示している。女はこの時点ですでに死んでいる、そうだろう？」

「アレックスはそう言っている」

「乱暴にして、女の手首の皮膚を少々傷めてもいいんだ。女は文句を言わない。事実、女の左手首の肌は傷んでいた」

「うん」

「右手はそれほどではなかった。だからまず左手、続いて右手だ。右手首をまた縛ってロープをとめて、両手首を枝から吊り終わった。しかしロープはまだあまっている。だからついでに犠牲者の首にも巻いて、これも先を投げて枝を渡し、吊った、そういう順番だ」

「長いロープを使ったんだな」

「そうだ、たぶん長いのしかなかったんだろう。左、右、最後に頸部だ。これを見ろ、女の左手首を縛ったあと、ロープはその位置で右手首に移動している。右手首を縛ったら、またその位置で頸部に移動、女の首に巻きつく。どうだ？　同意か？」

ロンは訊く。

「いいだろう。で？　だとどうなる」

「単独犯、近くに台がない、それ以外に……？」

「それ以外にだ」

ウィリーは言う。

「女の首を吊るのはどちらでもよかったということだ。両手を縛ることでロープを使いきっていれば、頭部は放っておいたろう」

「なるほど。つまり犯人に、頭部の絞殺痕跡を隠す予定はなかったということか」

「そうだ、必要なかった」

「とすると……？」

「絞殺ではなかったということだ。すると、女の死因は何だ？」

「科捜研からのコメントはまだ何もない。犠牲者は解剖すると言っている、見解の発表はそのあとだ」

その時階段の下方から、陰気な足音が聞こえた。二人の刑事が注目していると、灰色の髪をざんばらに乱した大男が、壁に手を突き、荒い息を吐きながら、大儀そうに階段をのぼってきた。手ぶらだったし、当初は医師だとは考えなかった。子供の診察予約をしに来た父親かと考えた。

「ドクター・クリッペン？」

帽子をとり、半信半疑でロンは問いかけた。

「なんだ君らは。ここは小児科だぞ、子供を連れてきなさい」

言い置いて医師は、阿鼻叫喚の渦の中で転げ廻っている子供らの間に踏み込んでいく。どうやら当たったらしい。近寄ると、彼の口からは盛大にジンの匂いがした。ロンは、ウィリーと顔を見合わせた。

「大当たりだ」

ウィリーは言った。

「医者のご出勤だ」

ウィリーは、急いで写真をカバンにしまう。ロンは言った。

「そろそろ陽が落ちるぞ、派手な重役出勤だな」

それから二人は医師を追いかけ、廊下に戻っていった。子供が二人ぶつかってきたので、二人は出遅れた。子供をどけ、顔をあげて見ると、医師は、曇りガラスの填まったドアを開け、診察室に入るところだ。

最初の患者が入る前にと思い、ロンとウィリーはあわててあとを追い、部屋に入った。するとと医師は言う。

「君らの診療はしない、ここは小児科だと言ったはずだ。おとな用の内科は、北へ三ブロックほど行ったところにある」

すでに自分専用の椅子にすわっていた医師は、酔っ払いに特有の、荒い息を吐きなががら言う。

「してもらわなくてけっこうですドクター」

ぴしゃりと言いながら、ロンは警察官のバッジを示した。よく見えないようだったから、さらに二歩進んで、医師の鼻先に突きつけた。すると医師はべっこう縁の眼鏡を出してかけ、さらに目を近づけた。

それからおもむろに顔をあげ、眼鏡を鼻の下方までずらし、ロンの顔を眼鏡の縁越しにじっと見た。すると医師の目が、かなりのやぶにらみであることが解った。

「なんだ、君らは警察官か」

クリッペン医師は言った。ロンが横の相棒を見ると、ウィリーは、

「ご名答」

とささやいた。

「そうです。この患者の住所を知りたくて、お邪魔したんです」

ロンは次に診察予約のカードを出し、これも鼻先に突きつけた。すると医師は驚いたことに、

「なんだねこれは」

と言った。

「お宅の予約カードではありませんか？」

驚いて、ロンは言った。

「どうやらそうらしいな」

医師はしぶしぶ認めた。そして、

「だがはじめて見た。わしは見ることがない」

と言った。

「患者じゃないからな。だがうちの名前が書いてある、ボブ・クリッペン医院とな」

「そのようです。ではこの予約カードはいつも誰が？」

「看護婦が書く」

椅子にふんぞり返りながら、医師は断言した。

「マーチン・デントン君の住所が知りたいんです」

ロンは言った。

「うちの患者がどうかしたのかね？　キャンデーでも盗んだか？」

「キャンデーで殺人課は出動しません、彼の母親です」

「母親がどうした、誰かを殺したのか？」

「その反対で、殺されたんです」

すると医師は、さすがに沈黙した。

「この子の母親の名前を教えてください。またどんな人物で、どこに住んでいるのかを」

「知るもんか！」

医者は言った。

「患者の全員を憶えてはいられれん。廊下を見たろう、毎日あれだけ患者がいるんだ」

「そのう……」

横からウィリーが、遠慮がちに口をはさんだ。

「このオフィスのどこかに、カルテとか、患者のファイルがあるのではないですか？」

すると医師はうなずき、言う。

「あるだろうな、この部屋のどこかには。だが勝手に探すなよ、それでなくても何がどこにあるのか、もう解らんのだ」

「そんなことはしません」

ロンは言った。

「先生が探してくだされば」

「そんなことはせん」

医師は、きっぱりと断ってきた。

「看護婦の仕事だ。私は患者の書類がどこにあるのかなんぞは知らん」

ロンとウィリーが突っ立っていると、医師は続ける。

「君は、私が酔っていると思っているのだろう。そんな様子で、子供に注射一本できるものかとな」

ロンは黙っていた。その通りだったからだが、ここで何か言ってもしようがない。酔っ払いに事実を指摘するくらい不毛なことはない。すると医師は言う。

「注射も看護婦がやる」

ロンはがらんとした診察室を、ぐるりとひと渡り眺め廻した。そして言う。

「で、看護婦はどこです?」

「今アパートにいる。だが心配するな、歩いてほんの五分ほどのところだ」

「ではそろそろ出勤させてください」

「必要な時は、私が電話する」

「今がその時です。さあどうぞ」

ロンは受話器をとって、これも医師の鼻先に突きつけた。医師は不思議そうにこれもじっと見ていたが、感心に電話機だと解ったらしく、

「君が自分で電話しなさい」

と言った。

「番号が解ればやりますがね」

ロンは言った。するとのろのろした調子で、医師はかたわらの手帳を開き、番号を読み上げた。

「名前は？」

ダイヤルを回しながら、ロンは訊いた。

「ロイスだ、ロイス・モーザー」

怪しいものだと思いながら、ロンはコール音を聞いていた。やがて女の声が出た。何か叫ぶ子供の声が、背後でしていた。

「ロイス・モーザーさん？」

するとやや沈黙があり、案の定名前を訂正されたが、ロンはよく聞いていなかった。

「ともかくボブ・クリッペン医院の看護婦さんですね？　こちらはワシントン東署の警察官ですが、今クリッペン医院から電話しています」

「ああそうですか」

と看護婦は言った。

「で、先生は？」

「先生はご機嫌です。自分で電話しろと言われるのでかけています。患者の住所を知りたいと思っているんです。マーチン・デントン君です。解りますか？」

「いえ」

看護婦も言った。

「彼の住所を書いたカルテなどはありますか？」

「そちらのファイル・ケースに入っています」

「われわれは急いでいます。どのくらいで来られますか？」

「では急いで支度をして、五分後に出ます」

「待っています。急いでください。なんでもあなたがやっていらっしゃる病院らしいから」

言って、ロンは受話器を置いた。

「看護婦は好かん」

医師は、悠然と背もたれにもたれて言った。

「借金取りを連れてくる。私は借金取りは好まん。こういう厄介はもううんざりなんだ」

「ドクター」

ロンは言った。

「われわれは借金取りではない。これは殺人事件です。それも、明日にはワシントン中がひっくり返るような、凶悪な事件です。お邪魔なようだから廊下に退散して待ちますが、早く仕事を始められた方がよいでしょうな。でないと終わるのが明日の朝になりますよ」

言って、ロンは同僚を促して廊下に出た。そして、

「最初の人は誰です？」

と待っている者たちに訊いた。すると手をあげる母と息子がいたので、

「入ってください」

と言った。

「階段室に行くか。ここはうるさくて、仕事にならん」

廊下を抜けて階段室に入った。階段の手すりに背をもたせると、ウィリーがにやついて言った。

「看護婦も、酔っ払っていないことを願うね」

ロンはにこりともできずにうなずいた。ウィリーはさらに言う。

「先生、きちんと診察をやっているかな」

「ああ、看護婦なしでな」

「ここはロイス・モーザー医院だ。あの先生は飾りだ。注射の要がなきゃいいな、看護婦の到着前に」

「薬の名前くらいは解るだろうぜ」

「ああ解るだろう、こんな調子だ」

　ウィリーは言う。

「腹を押さえて痛がっている子供には、君はどうやら腹痛だ、だからこの胃腸薬を。さかんに咳をしている子供には、君は風邪だ、ではこの風邪薬を呑みなさいと。町の薬局でことが足りると言うなよ、患者にとっちゃあ医者と名のついた人間に会うことが必要なんだ」

「ええいくそったれ！」

　ロンはついに毒づいた。

「たかが犠牲者の名前と住所を調べるだけでこんな調子だ。犯人にたどり着く頃には年が替わっているぞ！」

「落ちつけロン、酔っ払いの参考人は、多分これで終わりだ」

「だといいがな。これが文明国か？　大騒ぎのちびっこ患者にアル中の医者か、世も末だな。これは殺人事件だぞウィリー、コソ泥の捜査じゃない。ちんたらやっているわけにはいかないんだ。アフリカの田舎でも捜査はもっとスムーズだぞ。これじゃあこの戦争も、どうやらわが軍の負けだ」

「司令官が今の医者ならな」

「くそったれの酔っ払いどもは、みんな狩り集めて、前線に蹴り出してやりたい！」

ロンは息巻いた。ウィリーは笑って言う。

「ちゃんと敵に向かって弾を撃ってくれりゃあ、酔っ払いの連隊もなかなか役に立つだろうがな」

「最前線には酒はない」

「そいつはどうかな。投降すりゃ全員にこれを一本進呈と、敵がコニャックのボトルをひらひらさせたらどうだ？　戦闘はあっさり終了だ」

ロンは鼻を鳴らした。

看護婦は、きっかり十五分後に階段をのぼってきた。すでに看護婦の服装をしていたのですぐに解った。

二人がほっとしたことには彼女は素面《しらふ》で、しっかりした顔つきの熟年女性だった。診察予約のカードを示すと、先に立って廊下を進み、診察室に入ると、医師の背後にあるウォークイン・クロゼットのドアを開けて中に消える。ややあって、一枚の書面を持って出てきた。

「ここに住所が書かれています。お母さん、ご本人が書いたものです」

「書き写させてください」

「どうぞ」

「名前はありますか？　お母さんご本人の」

「それはありません」

ロンは預かり、近くのデスクで住所を手帳に書きとった。すると、

「用事はすんだかね？」

と酔っ払いの医師が愛想よく声をかけてきた。

ロンはうなずき、礼を言って診察室を出た。

5

カルテに書かれていた住所は、バァリーファームのはずれのアパートらしかった。ウ

ィリーのドッジでフレデリック・ダグラスブリッジを渡っていると、ハンドルを操りながらウィリーが言う。

「たいした病院だったな」

ロンはうなずいた。右手、ポトマック川の対岸の森の上に、太陽が近づいていく。葉が黄色く染まっている木々の色を、さらに黄金の色に輝かせている。美しい瞬間だ。ワシントンDCは美しい街だ。

「ああ、あんな病院でも、貧民街の貧乏人たちは行かなくっちゃならない。小児科は、ほかにないからな」

言いながら、ロンはウィリーの方に向き直った。

「医者は高い、タダならしようがない」

ウィリーは言う。

「看護婦がうまくやるさ」

「ウィリー、おまえ子供の頃、医者には行ったか？」

ロンは訊いた。

「行ったたな」

ウィリーは即刻答えた。

「育った地区は、あそこと大差はなかったが、医者はもっとましだった」

「どういうふうにだ」

ロンは訊いた。

「少なくとも酒は飲んじゃいなかった。まじめにやっているように見えたな、子供心にも。それに、カルテのありかくらいは知っていた」

ロンは無言でうなずいた。そして言った。

「カルテね」

「まあ医者は、カルテのありかなんて知っている必要はない。胃や心臓のありかさえ知っていればいい」

「それと薬の名前だな」

「注射は看護婦にやらせりゃいいからな。しかし、よく薬の名前を忘れずにいるもんだぜ」

ウィリーが感心したように言った。

「そりゃ解らんだろう。賭けてもいいが、忘れているぜ」

「ジンの銘柄の方が詳しそうだったな」

うなずいて、ウィリーはハンドルを切った。

「ポメロイ・ロードだったな」

「ああ、四五だ」

メモを見ながらロンは言った。やがて車は、黒人の子供らが群れて遊んでいる歩道の脇に停まった。敷石の横に、四五と書かれている。歩道には、枯れ葉がたくさん散り敷いていた。

「あれを見ろよ」

運転席のドアを閉めながら、ウィリーが言った。指差す方向に、しゃがみ込んでおはじきをやっている子供らの集団があった。

「腕が鳴るぜ」

ウィリーは言った。

「おはじきか。俺なら百発百中だ。あのガキども、俺の腕を見たら目をひんむくぜ」

ロンはウィリーがあがってくるのを待ち、並んで枯れ葉の載った歩道を横切って歩いた。すっかり裸になった木が並んでいる。この地区を作った市のお役人は、ここをもっと上品な道にしたかったのだろう。だが、そのもくろみは見事に失敗していた。汚れた子供らの集会場になっている。ウィリーはその間ずっと、前方のおはじきの集団に目をとめていた。

石積みの、汚いアパートが前方に立ちふさがった。壁材の石は薄汚れて、窓の枠は緑のペンキがすっかり剝げ、めくれ上がっている。視線を前に戻すと、ウィリーは悲しげにアパートを見上げた。

「またこんなものが立ちふさがったな」

彼は言った。

「貧乏が突っ立った」

ロンは黙って、玄関になっている小さなドアを開いた。分を心得たようなドアだった。自分が中に入れている世界が立派だと思えば、ビルのやつも壁のど真ん中に、もっと大げさな玄関をつける。そして頭上には、誇らしげにテントのひさしなどを張り出させるものだ。

暗い階段をあがっていくと、廊下に出た。日没までにはまだ間があったから、窓から陽が射し込み、たいして長くもない廊下の突き当たりに、小さな四角い陽だまりを作っていた。

甲高い女の声が聞こえて、がらんとした廊下に、十歳くらいの少年と婦人が、ゴムまりでキャッチボールをしていた。子供が取りそこねて転がってきたボールを、身をかがめたロンが素早く拾った。急いで取りにきた少年にボールを手渡さず、ロンは言った。

「エラーだな」

少年は、何も言わなかった。

「ヤンキースらしくないぞ」

少年が着ていたシャツが、ヤンキースのユニフォームに似せて作られていたからだ。

「君のバッテリーは、お母さんか？」

ロンは、相手の女性を指差して訊いた。子供は肯定も、否定もしなかった。

「その子、うまくしゃべれないのよ」

女性の声がした。それでロンは身を伸ばし、ウィリーもそっちに向き直って懐から警察官のバッジを出して示した。

「マーチン・デントン君を探しているんです」

ロンが言った。

「警察の人がマーチンを？」

女性は言い、それから立ち尽くした。息を呑んだように見えた。

小さな白い水玉が散った彼女の紺色のワンピースの腰のあたりに、夕陽が作った西の窓の四角い光があった。そしてそれは、少しも動かなかった。

「ポーラに……、何かあったの？」

彼女は言った。

「ポーラ？」

ウィリーが聞きとがめ、言った。そして二人の刑事は少年を後方に置き、女性に近づいていった。

「マーチン・デントン君のお母さんは、そういう名ですか？」

ロンが訊いた。すると婦人はうなずいた。

「ポーラ・デントン？」

「そうです」

彼女は言った。

「あなたのお名前は？」

「マリア。マリア・セラノ」

「お友達？　ポーラ・デントンさんの」

彼女はうなずき、言う。

「お隣りの部屋です」

「セラノさん、デントン君は」

彼女はゆるゆると右手を上げ、西の窓の前に立っている少年を示した。

「彼よ」

ロンとウィリーは振り返り、逆光の中でシルエットになっている痩せた少年を見た。

「彼は、話せないのですか？」

まぶしさに眉をしかめたまま、ロンは尋ねた。

「話せなくはないけど、上手ではないの」

それから、気持ちを落ちつけるように、胸に右手をあてた。それから、ささやくようにこう言った。彼方の少年に、配慮しているのだ。

「ゆうべからポーラが帰ってこなくて、きっと何かあったと思っていた。警察がこのアパートにやってきて私に話しかけること、想像していた。ポーラの友人のマリア・セラノさんですかって。その通りになった」

「少し、二人で話せますか？」

ロンは小声で訊いた。横の同僚にはこう言った。

「ウィリー、子供の相手をしていてくれないか」

そしてゴムのボールを、ウィリーに放った。受け取り、ウィリーは少年に向かって気安くこう大声を出した。

「OKマーチン、キャッチボールの続きをやろうぜ」

「あなたの部屋はどちらです？」

ロンは訊いた。マリアは、黙って目の前のドアを指差した。そしてこう続ける。

「ポーラとマーチンの部屋はあちら」

マリアは、自分の部屋のドアのノブに手をかけた。

「入りますか？」

ロンはうなずく。

「短時間でいいのですが、ものかげで話したいんです」

マリアもうなずき、ドアを開けた。部屋に入るマリアに続いて、ロンも中に入った。部屋に入ると、マリアは廊下側の壁からさがった紐を引いて、明かりをつけた。暗かったからだ。あまり外光の入らない部屋のようだった。西には窓はなく、北の窓には、隣りの建物の黒い壁が見えていた。

廊下側にキッチンがあり、正面には椅子とテーブルがあった。マリアはテーブルに向かって歩いていき、椅子を引いてすわるように言った。すわろうとしてロンがさらに椅子を引き、腰をおろしかけると、マリアがくるりと身を翻して水道やシンクの方に向かおうとするので、ロンが制した。

「飲み物でもと思っていらっしゃるのなら、どうかおかまいなくセラノさん。すぐにおいとまします。どうぞおすわりください」

ロンは前方の椅子を示した。椅子は、何故かふたつしかなかった。夫と二人暮らしで、子供はいないのだろうかと思った。

すると彼女は、迷うように立ち尽くした。それから、あきらめたように、ゆるゆると腰をおろしてきた。それからいきなり顔を両手で覆い、テーブルの上にうつむいた。

「セラノさん」

ロンは話しかけた。

「まだ言わないで！」

叫ぶように、彼女は言った。

「きっとよくない話よ、そうでしょう？」

マリアは言った。

「よくない話です」

ロンははっきり言った。彼女が手で顔を覆っているので、うなずくだけでは見えないだろうと思ったのだ。聞いても、彼女の頭部は微動もしなかった。

言わなくてはならない話は、言わなくてはならない。こういうケースは、引き伸ばしたところで意味はないのだ。

「親しかったのですね？」

ロンは訊いた。

「ほかに友達はいませんでした。越してきて、たまたま隣りの部屋同士だったというだけだけど。訪ねてくる者もいない者同士、仲良くなって、だからお互い助け合っていました。彼女、死んだの？」

「そうです」

「ああ神様！」

小さく叫び、彼女は泣きはじめた。泣きながら言う。

「なんてことなの。なんてことを神様はなさるの。私たちが何をしたの？　ポーラが、どうしてそんな不幸に襲われなくてはならないの？　私たちは一生懸命やってきた、誰を不幸にしたりもしていないはず」

すぐに引き揚げるつもりだったが、時間がかかりそうに思えてきた。

「すぐにおいとましようと思うんですセラノさん、だから……」

「いいえ、詳しく教えて。あとでまた警察に行くのなんていやよ、だから」

なるほどとロンは思ったが、詳しく話す気にはなれなかった。死んだと告げただけでこのありさまだ。死体が受けていた狼藉までを詳細に語れば、何が起こるか解らない。

「あなたは、結婚されているのですね？」

玄関先に置かれた男物の靴や、靴べらを見ながら、ロンは言った。

「お子さんは、いないのですか？」

「しています」

「ええ、いません」

ハンカチで涙を拭きながら、マリアは首を横に振った。

「ポーラ・デントンさんはいかがです？」

「彼女はしていません、別れたと言っていました」

「会ったことは？」

「ご主人に？　ありません」

「犠牲者に、別れたご主人が存在するのなら、われわれは捜しだす必要があります。どんな人か、どこに住んで、職業は何か、など聞いたことはありませんか？」

マリアはまた首を横に振った。

「ありません。ポーラも話したがらなかったから……」

「話したがらなかったから……」

言って、ロンはしばらく待った。

「セラノさん、これは重要なことです。デントンさんは、殺されたんです」

マリアはまた仕草を凍りつかせる。

「いつ？　どこで？　どうやって、誰に殺されたんです」

「いっさい不明です。すべてがこれからです。だからこうして調べ歩いています。話したがらなかったから、何ですか？」

「ポーラが話したがらないんだろうと、つまり……」

「つまり？」

「お解りでしょう。結婚したことなんて、なかったのかもしれません」

「ああ。マーチン君は一夜の情交からの、望まれない子である可能性も」

「そうです」

「夫なんて、最初からいなかったと。セラノさん、あなたはデントンさんの職業を……」

するとと、彼女はゆっくりとうなずいた。

「体を使う職業と、それでよいですか？」

「生活費は必要です。そういうことをしているのは、私は知っていました」

「秘密でしたか？」

「そうでしょうが、私には話してくれてました」

「打ち解けていたんですね」

「仕事の時、それはたいてい夜で、マーチンは寝ていたけど、時にはマーチンの面倒を見てもらわないといけなかったから、私には……」

「なるほど。仕事上のことで、何か言ってはいませんでしたか？　客に恨みを買ったとか、変質的な客に付きまとわれているとか。売春組織とトラブルがあったとか」

マリアは宙を見つめ、しばらく考えていた。ハンカチを使って、涙の残りをゆっくりとぬぐった。もう涙は止まっていた。

「何も聞いていません。変質的な殺され方をしたんですか？」

マリアは訊いた。

「誰か、つき合っていたような人は」

質問には答えず、ロンはさらに訊いた。

「男性ですか？」

マリアは言った。

「そうです」

「聞いていないわね。特定の彼は、いなかったと思う」

「仕事はどんなふうに？　隣りの部屋によく客が来ていましたか？」

「そんなこともありました」

「そういう時には子供を預かって？」

「はいそうです」

「よくですか？　そういうことは多かった？」

「毎日ではなかったと思う。たいていは電話で呼ばれて、出ていっていたと思います。まだマーチンが寝ていない時間なら、私に声をかけていきました」

「マーチン君を預かっているなら、あなたは、彼女の部屋の鍵を預かっていましたか？」

「預かっています」

「ちょっと一緒に来て、ポーラ・デントンさんの部屋を、調べさせてもらえませんか？」

するとマリアは無言になって、ロンの顔を見た。

「いいのかしら、ポーラに断りなくそんなことして……」

「もういませんよ」

ロンは容赦なく言った。

「それにご主人はなく、唯一の家族はまだ子供だ。そしてこれは殺人事件なんですセラノさん。こうしている今も、犯人は逃亡をはかっているかもしれない。われわれはすみやかに、デントンさんを殺した犯人追跡の、材料を見つけなければならない。どうかご理解ください」

「私としても、早く犯人を挙げて欲しいです」

「ではご協力を」

「刑事さん、ではポーラがどんな死に方をしたかだけでも教えてください。変態的な殺され方ですか？」

「聞いても、大丈夫ですか？」

「私、聞いたことがあるんです、ポーラから。今思い出しました」

「どんなことをです？」

「変態的な客がいて、割増料金を払うからと、そして変なことをされたと……」

「どんなことです？」

「ですから、よくあるでしょう、叩かれたり、首を絞められたり。それから……」

「それから？」

マリアの言葉が停まったので、言ってうながした。

「延長コードで両手を縛られたこともあると」

「ふむ」

「でも電線だったから、すぐに抜け出せたけど、怖かったって」

「その客の名前は解りますか？」

「聞いた気はするけど、もう思い出せないわね」

「デントンさんは、客のリストを作ったり、日記をつけたりはしていなかったでしょうか」

「私は知りません」

「彼女は、単独で仕事をしていたのですか？　組織には属さず」

するとマリアは首を左右に振った。

「とんでもない、そんなことをしたら殺されるって言ってました」

「組織に入って仕事していたんですね？」

「そうです」

「どんな組織で、どこにあったと？」

「私が聞いた記憶では、川向こうのMストリートだって」

「Mストリート、ふむ。Mストリートのどこです？」

「九番通りとの角に、ジェイソンズというバーがあって、そこが連絡所で、その上がオフィスになっていると、そう言っていました」

「解りました。ではちょっと隣りの部屋に」

ロンは先に立ちあがった。マリアがぐずぐずするので、右手の肘のあたりを持って立たせた。

「刑事さん、ポーラはどんな死に方です？」

立ちながら、マリアは訊いた。まだ忘れていなかった。ロンはちょっと溜め息をついて、言った。

「両手を上にあげて、木の枝から吊るされていました。グローバーアーチボルド・パークの森です」

「ああなんてこと。暴行は、されていましたか？」

「科学捜査研究所が、今調べています」

「ほかには傷は？　体を傷つけられてはいませんでしたか？」

「そう思いますか？」

「ええ。叩かれたり、首を絞められたり」

ロンは首を左右に振った。

「それはありません。だがもっとずっとひどいことを」

「どんな……」

立ち尽くし、マリアは目を見張っている。

「性器の周囲をえぐられていました。だから、膣や膀胱が、足の間に垂れ下がっていました」

「おお、神様」

マリアは口を押さえ、またどすんと椅子に尻餅をついた。また涙が、みるみる下瞼に盛りあがった。

「だからそんな変態野郎について、あなたは何か聞いたことはないかと……」

マリアは首を左右に振って泣き続けた。そして、

「ありません、そんなこと、ありません」

と切れ切れの声で言った。

6

ポーラ・デントンの部屋は、マリアの部屋とまったく同じ作りだった。が、もっと殺

風景に見えた。女性の部屋には見えなかった。

「明かりをつけますか？」

脇にどいたマリアが訊いた。

「お願いします」

ロンは答えた。

明かりがともり、ダイニング全体が見えるようになった。食器がおさまった傷だらけのキャビネットの上に、ビスケットの大缶が並んでいて、その上にはブリキ製の、車の付いた船があった。自動車や飛行機の玩具がいくつか床や、ガラスの中の食器の脇にあった。キャビネットの横の壁には野球選手のポスターがあり、ニューヨーク・ヤンキースの三角旗が、入り口のドアに貼られていた。

壁際に粗末な書棚がひとつあったが、並んでいるのは子供向きの絵本や、童話本ばかりだった。学校の教科書らしいものもある。女性が読むような本は見当たらない。おとな向けの小説本もなかった。

左手には、子供と食事をするためのものなのだろう、マリアの部屋のものとよく似た、小さな青い食卓があった。その上に古びた電気スタンドがあり、ここにも飛行機の玩具が載っている。ブリキ製で、操縦席には飛行帽をかぶった熊が乗っていた。

その脇には教科書らしい本と、ノートがある。筆記用具もあった。床にはカバンがある。勉強をさせていたのか。

脇の壁には棚があり、小型のラジオが載っている。ダイニングで金目のものというと、これが唯一のものだろう。あとはガラクタだ。泥棒が入っても目もくれないだろう。

キッチンには、切った残りの、硬くなったふうのパンが、出しっぱなしのまな板の上に載っていた。ほかに、食材らしいものは見当たらない。花模様が淡く浮いた壁紙は、油汚れで染みだらけだった。

ダイニングを抜けると寝室だった。ここが、彼女の仕事場ということになる。割合広く、子供用の小型ベッドもあった。息子のベッドを眺めながら、毎晩違う男に抱かれるというのはどんな気分のものなのか。

この部屋こそがポーラの領域という感じで、彼女のものらしい持ち物が散乱していた。ベッドのぐるりの壁には、ハンガーを通した彼女のドレスが何着も掛かっていた。下着も、ストッキングも見えた。

クロゼットを開けてみると、そこもまた、彼女の服でいっぱいだった。ここにすべてが入りきらず、部屋に掛けているのだ。クロゼットの床には靴も並ぶ。いろいろなかたち、色の帽子もあった。

クロゼットの床にも、寝室の床にも、バッグが散乱している。肩にかける大型のもの、小型のハンドバッグ、女もののトランクもある。横倒しになったバッグからは、中身が床にこぼれ出していた。

ファッション雑誌も散乱している。映画雑誌の類いもあった。大半、美男俳優の笑顔が表紙だ。あわせて二十冊もあるだろうか。この部屋には本棚がない。こんな様子から見る限り、彼女が興味を持つ世界は、ファッションと化粧、そして映画界や芸能界ののように思われた。そして楽しみは洋服の収集だ。

ベッドの横の壁には、鏡がかかっている。その前にはちょっとした台があって、椅子がある。台の上には化粧品のビンが盛大に並ぶ。ロンは寄っていき、台の上のものを子細に観察した。すべて化粧品かと思ったが間違いで、酒ビンも何本かあった。酒ビンに化粧品に櫛、各種のブラシ、化粧に使う幾本もの刷毛、無数の口紅、そんなものだ。

ビンの群れの中に、薬が入っていたらしい空の小瓶があった。ラベルに文字が印刷されていたが、かすれていて読みづらい。ロンはビンを持ち、キッチンの方に戻って、明かりにかざした。キニジン、と読めそうだった。

何の薬か。明日診察の予約が入っていた子供の風邪薬かもしれなかった。例のアル中の医者が出したものかもしれない。ロンはハンカチを出し、これをくるんでポケットに入れ、マリアに訊いた。

「マーチン君は、風邪を引いているのですか？」

「もう治ったみたい」

彼女は答えた。

「デントンさんのスカートのポケットに、小児科の診察予約のカードが入っていたんです」

ロンは教えた。

「ああそうですか、私は聞いていなかった」

マリアは答えた。

「マーチン君は、話さないのでしたね」

「そうです」

「発育が遅れているのですか？　知的な障害があるとか？」

「いえ、そうではなく、セレクティヴ・ミューティズム（選択性緘黙症）と言うのだと聞きました」

「セレクティヴ……」

「ミューティズム（無言症）です。場面によって、話せなくなるんです。ある条件下の状況です。マーチンは、お母さんとはきちんと話します、おしゃべりではないけれど。私ともなんとか大丈夫です。でも学校で、大勢の友達の中に入ると、ひとことも話さないんです。だから、学校のお友達には、口が利けない子なんだと思われているみたい」

「刑事とも駄目らしいですね」

ロンは言った。

「かもしれません」

マリアも言う。ロンは少し考えて、マリアに言った。

「彼はこれで、天涯孤独になってしまった。誰かが少年の面倒を見なくてはなりません」

しかし、マリアは何も言わなかった。

「施設に行くことになるでしょう。引き取ってあげる気などは……」

「そういうことは、簡単ではありません」

マリアははっきりと言った。

「私の一存では決められない。私は、夫の意志にしたがわなくてはなりませんし」

彼女はそこで言葉をきり、しばらくしてこう継いだ。

「ポーラのこと、マーチンに伝えるのが私の役目になったのも、つらいことです、とてもつらいです」

ロンは、そこでさらに何か言葉を継ごうかと思ったが、やめた。学校で、口が利けないと思われている子なのだ。他人の作った厄介を、生涯にわたって抱え込む決意は、確かに簡単ではなかろう。

ベッドに寄っていき、ぐるりを歩いた。一方が壁に接しているから、周囲を一周することはできない。ベッドサイドに小さなテーブルがあり、抽斗《ひきだし》がついていた。引き出すと、中に赤い革を表紙に貼った手帳が見えた。

摑みあげ、ページを繰ってしめたと思った。求めるものを見つけたようだった。男の名前が並んでいたのだ。客の名前だろう。客のリストか、寝た男の名をその日に書いた、日記の類いと期待した。

しかし、喜んだのはつかの間だった。そうかもしれないが、名前が並んでいたのは冒頭、一月のページばかりだった。ページを繰るにつれて名前は少なくなり、夏をすぎると、月に一人くらいの名前しか見えなくなった。

こんな仕事ぶりでは、到底食べてはいけまい。高額を取る高級娼婦には見えない。それとも、仕事がなくなったのか。年齢による容色の衰えゆえか。だが、それほどふけているふうでもなかった。

「デントンさんは、月に一、二度くらいしか仕事をしていないようでしたか？」

かたわらのマリアに尋ねた。彼女は首を左右に振った。

「もっとしていたように思うわね」

と彼女は言った。

「デントンさんは、いくつだと言っていましたか？　年齢は」

「三十八だって聞きました」

ロンはうなずいた。

どうやら全員の名前を書いてはいないようだ。ではここに名を書かれた男たちには、どういう意味があるのか。印象に残ったよほどの上客、それとも強く不快だった客、危険を感じた客の覚書だろうか。

しかしそんな客が、一夜の娼婦に名を告げるだろうか。告げても本名ではなかろう。見れば、ファーストネームのみの記載も多い。フルネームは教えなかったか、とっさに思いついた偽名か、ファーストネームだけだったのだろう。

ロンは、最も見たかった日付を求めて、急いでページを繰った。十一月一日だ。一日の夜、彼女は殺された。それも意図不明の、猟奇的な殺され方だった。この手帳は、事前に書いた、予約客のリストかもしれない。娼婦が、街の医者のように予約を取るものかどうかは知らないが。

残念なことに、十一月一日の欄は空白だった。その前の十月三十一日も、三十日の欄も空白だった。しかしその前の二十九日には、ぽつんと男の名前があった。十月に名前が見えるのは、その男の名がひとつきりだった。

鉛筆による殴り書きだったが、アンソニー・メイドンと読めた。フルネームだ。理由はないのだが、この名が、妙にロンの琴線に訴えた。

「セラノさん、あなたが聞いた、デントンさんがいやな目に遭わされた客というのは、アンソニー・メイドンという名前ではありませんでしたか？」

背後にいたマリアを振り返り、ロンは尋ねた。するとマリアは顎を上げ、天井から下がる粗末な模造シャンデリアを見つめて、律儀に記憶をたどっているようだった。そしてゆっくりと首をひねり、言う。

「もうよく憶えていませんが、そんな名前だった気がします」

「その話をデントンさんから聞いたのはいつですか？」

するとこの質問には、マリアはすぐに答えた。

「先月です」

ロンはぱちんと指を鳴らした。色の濃い容疑者に行き遭った。最短距離で到達というものだ。上出来だと思い、手帳を上着の右ポケットに押し込んだ。

ざっと寝室を見廻しながら、ロンは言った。

「さあ、こんなところでいいでしょうセラノさん、ありがとうございました。あとは廊下のマーチン君と少し話しておきたい。また来るかもしれませんが、今日のところはこれで充分です」

ロンは、マリアと並んで廊下に出た。陽はずいぶん傾き、廊下は薄暗くなりつつあった。驚いたことに、ウィリーはマーチンと並んで廊下に腰をおろし、壁にもたれて何ごとか話しているふうだった。遠目には親しげに会話が弾んでいるように見えたが、しかしよくよく見れば、話しているのはウィリーばかりだ。

「マーチン君」

寄っていきながら、ロンは少年に話しかけた。目の前まで行くと、しゃがんで、目の高さを少年に近づけた。

「ゆうべのお母さんのことなんだが……」

そういうと、少年はすぐに視線をさげ、うつむいた。何かを感じているようだ。

「ウィリー」

ロンは小声で仲間の名を呼んだ。ウィリーはすぐに首を左右に振った。そして、

「俺は何も言ってない」

と言った。

「ゆうべはお母さんと、どんな会話をした？」

しかし少年はうつむいたまま、何も言葉を発しない。

「ねぇマーチン、私に言って」

「何時頃ここを出ていったんだろう」

ロンは言ってみた。

「お母さんは、何時ごろにお部屋を出たの？」

察して、マリアが自分の言葉で尋ねてくれた。しかし、少年はやはり何も言わない。待っても、そしてマリアがいかに言葉を工夫し、話しかけても、この状況では、少年は口を開きそうではなかった。

少年が、どうして言葉を失ったのかは知らない。しかしここで圧倒的な悲劇の津波を浴びて、少年の失われた言葉は、これでもう永遠に戻らなくなるのでは、とロンは思った。

彼はすべてに捨てられるだろう。最初は父に。次に母に。そして最後に、親しくしてくれた隣家の女性に。世間のすべてから見放され、彼は一人ぼっちになる。少年の行く末というものを考え、ロンはつらい気持ちになった。

ロンは立ちあがった。

「セラノさん、今日はこれで引き揚げます。しかし……」

ロンはマリアの方を向いて言った。

「一刻も早く犯人を逮捕したい。この点に、セラノさんも反対はされないでしょう」

マリアはうなずき、言う。

「はい」

「彼が何か話してくれたら、どんなことでもいい、私に連絡をいただけませんか？」

マリアは、また黙ってうなずいた。これから少年と二人になることを思ってか、その表情は暗かった。

7

ロンはウィリーと向かい合って、ワシントン東署の並びにあるイタリアン・レストラン、ファビオズの、一番奥のテーブルについていた。入り口の脇、ガラスの手前のテーブルが最も居心地がよいのだが、ギャングの重火器武装化で、往来から姿がよく見える席は危険だった。この店のガラスはほとんど足もとまでが素通しで、自動車でやってきてマシンガンを撃ち込まれれば、身を隠せる壁がない。

店内には、さっきからずっとイタリアン・オペラのテノールが流れている。親爺の自慢のレコード・コレクションからだ。コルク材を貼った壁には、額に入った有名歌手の写真がずらりとかかっている。

ロンはこの店が気に入っている。音楽の趣味もだが、値段の割りに小ぎれいな店内もいい。なにより、クリーニングのきいた純白のテーブルクロスがいつもかかっているのが最高だ。清潔さは、仕事の猥雑さ、汚れっぽさを癒してくれる。最近のレストランのテーブルからは、白いテーブルクロスが消えつつある。それが常々不満だった。

食後にもう一度ワインをやりながら、ロンは入り口脇の、ガラス上部についた赤いネオンが点滅するのを見ていた。いつのまにか、往来が黒く濡れはじめた。行きかう自動車のタイヤが、しぶく音をたてはじめる。通りの向こう側の店々のネオンの原色が、濡れた車道の表面に浮かびはじめた。

雨の到来か、とロンは思っていた。厄介がまたひとつだ。傘を持ってきていない。帰るなら霧雨の今のうちだが、もう少し事件のことを考えていたいし、やや酔ってしまった。体も若干疲労して、動く気になれない。やむまで粘るのがよかろう、などと考えた。

「雨か」

ウィリーも言った。ロンはうなずき、しかし言葉は発しないで、しばらく無言でいた。彼も闊達に話すのが億劫なのだ。ワインのせいばかりではあるまい。

「時々、この仕事がいやになる」

ロンは言った。

「ああ。こんな事件に出遭うとな」

ウィリーも一応、言葉を合わせてきた。しかしその声の調子には沈み方が足りず、ロンは不満だった。

「時々、宗教家の気持ちが解る。科学も、医学も、法律学も、最低の事件を目の前にした時には、こちらの問いかけに、満足な答えは戻さない」

「そうか？」

ウィリーは言った。

「ああ退屈だ。俺は飽き飽きした。答えはたいてい解っているんだ。何の解決にもなりゃしない。父のいない子がここにいる、そして母親は、変態野郎に殺された。身寄りはない。だからどこそこの施設に入れよう、養育の予算はこれこれで、学校はどこそこがいい、病気になったらボブ・クリッペン医院に行け、医者はちょっとばかりアル中だが、なに薬の名前くらい憶えているだろう」

　ウィリーはうなずく。

「国は限られた予算の中で、できる限りのことをしている。それは解るが、あの調子では、隣りのセラノ家も、あの子を引き取ってはやれまい。あの子に救いはない」

「そうだな、だが俺たちだって、引き取ってやれといわれても困る。そうだろう？」

　ロンはうなずいた。

「救ってやれるものは、宗教だけか？」

　ウィリーは言った。それから自分の問いを、自分で考えているようだった。

「刑事になったからだ」

　ロンは言った。

「なんだって？」

「刑事になどならず、銀行にでも就職して、毎日せっせと他人の金の計算でもしていれば、マーチン・デントンの絶望的な未来なんて、知ることはなかった」

「終日銀行のカウンターの向こうにいて、やはり金勘定をしている娘らをどう食事に誘うか、なんてことばかり考えていたら……」

「そうだ。マーチン・デントンに言葉が戻ってくる日があるだろうか、なんてな、考えることもなかった」

　ウィリーも、聞いて黙ってうなずいた。

「キャッチボールをしていて、彼は何かしゃべったか？」

　ロンは訊き、ウィリーは首を横に振った。

「しゃべっていたのは俺ばかりだ。あの子は、首を縦に振るか横に振るか、それだけだった」

「親のいない、長い長い沈黙の世界を、これから一人で生きることになる。気が遠くなるほどに長い時間だろう。どんなおとなになるのか、孤独に堪えられればいいがな」

「俺も、どちらかといえばそんな子だった。何か、自分だけの特技を発見できたらいいな。自分にしかできない仕事だ」

「おはじきか？」

　ウィリーは苦笑した。

「違う。音楽とか、絵を描くとかな、もっと高尚な才能だ。世の中で天才になれるようなな」

「だといいな」

　ロンは言った。

「アレックスのやつ、帰ってくると思うか？」

ウィリーが訊いてきた。

「さあな」

ロンは答えた。

今宵の二人は、あてがはずれていたのだ。真っ先に話を聞こうと思い、署に戻ってきたら、アレックスたち科学捜査研究所の連中は、全員どこかに出払っていた。しばらく待ってみたが帰らないので、こうして食事に出てきたのだ。

科捜研の意見を、今夜のうちに聞いておきたかった。でないと推理が始められない。捜査にあたりをつけるためには、どうしてもそれが必要なのだ。売春組織に乗り込んで、何も知りませんという顔はできない。そんな顔を見せれば、相手は素早く言い逃れのストーリーを作る。向こうも商売の長いプロだし、食うために必死だ。

意味不明の難解な事件だ。猟奇事件という枠を超えている。精神異常者のしわざとしてしまえば楽だが、はたしてそれでよいのか。だから材料は多いほどよい。それで考えを練ることができるし、しっかりした推理が構築できる。

科捜研の見解は、最重要の思索の材料だ。試薬や顕微鏡を使って出す連中の見解は、第一級の手がかりで、こうした仕事の背骨なのだ。連中の報告を聞かずに成したどんな推理も、先でたいてい無効になる。それはおうおうにして、単なる空想にすぎないからだ。効率的にやりたければ、連中の話を聞くまでは頭を素にしておき、何も考えない方がよい。

「娼婦に恨みを持っているやつは多い。あのヒトラーもそうだというもっぱらの噂だ」

ウィリーが言った。

「あのドイツ人が、娼婦に恨みを持っているって？」

「ああ、やつは今ユダヤ人を迫害している。そのために戦争を始めたようなもんだ。世界中のユダヤ人をみな殺しにする計画を持っているって噂だ」

「馬鹿な。そんなことができるものか」

ロンは鼻で笑った。

「どうかな。ヒトラーはパラノイアだ、できるかどうかはともかく、おっぱじめはするだろうよ」

「世界中に、ユダヤ人が何千万いると思っているんだ。ひとつの国が作れるくらいいるんだぞ」

「やつはそう思っていない」

ウィリーは言った。

「で、それと娼婦への恨みがどう関係している」

「やつは、ユダヤ人の娼婦に、性病をうつされたと聞いた」

ロンは、しばらく黙って考えた。それから言った。

「個人的な恨みか」

ウィリーはうなずく。

「私怨だな」

「それが戦争の理由だって？」

「ドイツの政治中枢には昔からユダヤ人が入り込んでいて、政治家を陰で操って、私腹を肥やし続けてきたと、ヒトラーは主張している。狂人の妄想だ」

「ウィリー、ポーラ・デントン殺しも、そういう、精神異常の人間の犯行だと言うのか？」

「ほかにどう考える」

ウィリーにきり返されて、ロンは黙った。問われれば返す言葉はない。確かにそういう受けとめ方が正常な神経というものだろう。娼婦の性器の周囲をえぐるなど、頭のまともな人間がやるはずもないし、やった以上は強烈な恨みがあるのだろう。確かにそう考えるのが筋道というものだ。

「どうなんだ？　ロン」

グラスを口に近づけながら、ウィリーは言う。

「世の中、きな臭くなってきた。欧州の戦争は、世界中に飛び火するというぞ。世界中を巻き込んで、とてつもない規模になる、そうみんな言ってる。前の戦争の比じゃないと」

しかしロンは、まだ黙っていた。

「欧州中がなんであんな大戦争になったか。みんながこぞって参加したからだ。なんで参加したか。同盟で結び合っていたからだ。戦争を起こさないためにな。だがそれは、それでもなんでも戦争になったら、全員が残らず参加するってことだ。それが今は全世界だ。今はもう、世界中が同盟の絆だらけだ」

酔ったウィリーは、演説を始めた。

「絆ほどうさんくさいものはない。加えて、今や科学はとんでもなく進歩しているからな、兵器もとんでもないものが出てくるって話だ。アメリカは大きな国だが、うかうかしてはいられないぞ」

ウィリーは言って、じっとロンの顔を見つめた。

「必ず巻き込まれるぞロン、遠くない将来にな。世界中がどんぱちやっているのに、アメリカだけが高みの見物？　冗談じゃない、そんなことは許されない。俺たちの国ってのはな、大国であり、強国なんだ。俺たちが参戦するかどうかで戦争の趨勢は決する、どっちにつくかでな。やりきれないと思わないか。俺たちアメリカ人は、戦争になったら絶対に知らん顔はできないんだ。これがどういうことか解るかロン。俺たちのうちの誰かは死ぬってことだ」

ウィリーはグラスを目の高さに掲げ、ガラスを通してロンを見た。ロンの目からは、ウィリーの目が大きくなり、しかもゆがんで見えた。

「こういうご時世にはなロン、頭のおかしなやつが出てくるもんだ。自分が死ぬと思えば、人間ってやつは本性を現す。ヒトラーみたいな狂人は、世界中どこの国にもいる。そして困ったことにな、心底狂っているやつは、社会の上層にいるんだ。政治家、学者、軍のお偉方、そういう連中のうちに紛れ込んでいる。そいつらの頭が、海の彼方から届く大砲の音で、ますますとち狂うんだ。そしてこういうことをやらかすのさ。ポーラ・デントンがユダヤ系かどうかも、調べる価値はあるな」

言ってから、ウィリーはふんと鼻を鳴らした。ロンが沈黙を続けているからだ。

「妄想がすぎるか？」

「科捜研だ」

ロンはひとこと言った。

「連中の報告を聞くまで、俺は無意味な空想はしない」

「ほう」

ウィリーは感心したように言って、ワイングラスを口に運ぶ。顔がかなり赤くなっている。

「俺は小説家じゃない、ウィリー。推理と空想は区別している」

「冷静だなロン」

「その区別ができないから戦争を始めたんだろ？　あのドイツ野郎は。医者の言う、分裂気質というもんだ。病気をうつされて腹が立つなら、相手は娼婦だけにしておけ。ヨーロッパ中の政府を敵に廻すな」

「だからそうしたんじゃないのか？」

ウィリーは言った。

「なんだって？　どういう意味だ」

「この犯人のことだ。だからやつは娼婦を犯して殺し、あそこをえぐった。刃物で、深々とな。強い恨みだ。性病をうつされたのかもしれんし、人格が壊れるほどに、ひどく侮辱されたのかもしれん。こう考えるのも無意味なことか？　え？　ロン、おまえ、反対なのか？　この意見に」

「そうじゃないウィリー。俺が言っているのは、前提がなければ推理は成立し得ないということだ。賛成でも反対でもない。科学のない想像は、推理ではない。科捜研が、このゲス野郎がポーラ・デントンを犯して殺している、と言わない限り、俺は何も言わない。言う気はない。アレックスがそう言ってくれたら、その時は俺も、おまえの意見に賛同する。ご高説も、いくらでも拝聴しようじゃないか。だが今じゃない」

「言わないと思うのか？　アレックスが。犯人のゲス野郎はこの女を犯してもいないし、殺してもいないと、そう言う可能性があるとおまえは言うのか？」

「解らんだろう？　その可能性はあるさ」

言って、ロンは両手を広げた。

「あるものか！」

大声で言って、ウィリーは鼻で笑った。続いて半身をテーブルの上に乗り出し、続ける。

「どこの世界に、殺さない女のあそこをえぐるやつがいる。いったいどこの世界に、恨みなしであんなひどいことをする人間がいる」

ロンは黙ったまま、うなずいていた。

「あんな愚劣な、世にも馬鹿げたことをするのに、恨み以外の、いったいどんな理由が考えられる？」

「さあな」

ロンは言った。

「俺は思いつかんよ、少なくとも今の俺は。しかしそれは、俺もおまえも、凡人だからかもしれんぞ」

「はっ！」

ウィリーは、軽蔑したような声をたてた。ロンは続ける。

「俺たちが思いもしない、想像することもできない、なにか予想外の理由があるのかもしれん。決めつけるな。決めつけるのは、アレックスがこの店にすたすた歩み込んできて、おまえの隣りの椅子にどっかとすわり、ホシのやつ、ポーラを犯して殺していた、と真顔で保証してくれてからだ。それまでは何も言うな。演説も封印しとけ」

「そりゃ、今夜のことにはならんな」

「そうか？」

「来るもんか」

「賭けるか？」

「ああ?」

ウィリーは怪訝な顔になった。

「おまえの負けだウィリー。アレックスらしい男が通りを横切ってくる。俺たちを見つけたらしいぞ」

「それでは賭けは成立しない」

ウィリーがだらりと体を背もたれにもたせかけ、きっぱりと言う。

「賭けというのは、双方が事実を知らないという前提が必要だ」

「そうだウィリー、よく解っているじゃないか。その通りさ。だから推理もまた成立しないんだ、正当な前提なしにはな。しっかりした材料が用意されなくては、推理というパスタは調理不能だ。この事件はもしかして、俺たちが見たこともない事件かもしれんぞウィリー。そんな予感がするんだ」

ロンは言った。するとウィリーは、さっと体を起こして言う。

「では正当な前提による賭けをしようじゃないかロン。この夕食の支払いだ。おまえはアレックスが今から、ホシがポーラ・デントンを犯して殺してはいないという、そう予想する。俺は犯して殺しているという方に賭ける、いいな」

「待てウィリー、俺はそうは言っていないんだぞ」

「男らしくないぞロン」

ロンは溜め息をつき、あきらめた。

「いいだろう」

「ヘイ、アレックス、よくここが解ったな」

後ろを振り向いて、ウィリーは陽気に言った。一杯機嫌に加え、ここの支払いが浮いたと思ってご機嫌になっているのだ。

「通りの向こうを歩いていたら、君らの姿が見えたんだ。俺がアル・カポネじゃなくてよかったな。今頃はマシンガンで蜂の巣だったぞ」

アレックスは帽子をとり、つばに載った雨水を振り払ってから、帽子掛けに掛けた。続いてもがくような仕草でコートを脱ぎ、これも軽く水気を払ってから、フックに引っ掛けた。

「カポネだと？　あいつはアルカトラズだ。まあすわれよアレックス、そしてポーラ・デントンの遺体について、解剖検査の結果を報告してくれ」

ウィリーが言った。アレックスはすわりながらハンカチを出し、眼鏡をはずしてレンズを拭いた。

「雨が強くなってきたぞ、やむまでここで粘ろうと思っているらしいが……」

「ご名答。鋭い推理だ、刑事課に異動しろよ」

　ロンは言った。

「ここで夜明かしになる。あきらめて帰った方がいい。夜っぴて降るという予想だ」

　アレックスは言った。

「では早く帰って眠るとしよう。ポーラ・デントンの報告を頼む」

　ウィリーが言った。

「解ったのか？　犠牲者はそういう名か？」

「そうだ。犯人のゲス野郎が、ポーラを犯し、殺していることを、早く報告してくれ。ここの支払いがかかっているんだ」

　ウィリーは言う。

「賭けたのか？」

「そうだ。だから早く頼む。ゲス野郎がポーラを犯していると。そして絞め殺していると」

「おまえがそっちの側かウィリー」

　アレックスは訊いた。

「そうだ」

「ではおまえの負けだ」

アレックスは言い、

「なんだと！」

とウィリーは目をむいた。

「気の毒したなウィリー、犠牲者の膣には性交渉のあとはない。精液も入っていない」

ウィリーは赤い顔で放心した。ずいぶんそうしていたが、言う。

「それは、避妊具を装着していたというだけだろう」

アレックスは頭を横に振った。

「そうじゃない、擦過痕の類いがないんだ。彼女は少なくとも、おとといから性行為をしていない。したがって当然ながら、屍姦もない」

「馬鹿な……」

「さらにだウィリー」

アレックスは気の毒そうに言う。

「犠牲者は殺されていない」

「なに？　絞殺でないなら刺殺か？　撲殺か？」

「それは現場であらためたろうウィリー、そのどちらでもない。頭部はきれいだった」

ウィリーは唸り声をたてた。

「毒殺はされていない。食当たりでもない。胃の中もきれいなものだった。水死、溺死でもない、水は飲まされていない。墜落死でもない。高所から突き落とされたりもしていない。体に殴打による内出血もない。暴行はいっさいされていない」

「ではなんだ」

ウィリーが低い声で言った。

「殺害された可能性は、きわめて低いということだウィリー」

ウィリーが黙り込んでしまったから、ロンが尋ねた。

「病死か？」

アレックスはゆっくりとうなずく。

「そうだ。胃の中に薬物があった。病歴を語るものだ」

「キニジン」

人差し指を立て、ロンが言った。アレックスはロンの顔をさっと見た。

「そうだ、さすがじゃないかロン。どうして解った」

ロンはポケットから、ハンカチにくるんだ、キニジンとラベルに書かれた空き瓶を出して示した。

「彼女の部屋にあったんだ」

アレックスは自分もハンカチを出し、これの中央にビンを受けた。

「これは何の薬だ？」

「不整脈の薬だ。犠牲者は、心臓の持病を持っていたんだ。死因は心臓の麻痺だ。解剖して心臓も見た。間違いない。凝固の痕跡があった」

アレックスはしっかりと請合った。

8

いまいましい電話のベルが鳴っていた。放っておこうかとも考えたのだが、いっこうに鳴りやむ気配がない。あきらめて目を開け、壁の時計に一瞥をくれたら、信じがたいことにまだ六時前だった。カーテンと窓枠との間のわずかな隙間が、ようやく明るくなってきたところだ。

溜め息をつきながら受話器を取り、耳のあたりに持っていこうとしたら、コードがからまってしまい、さばいていたら、いらいらしてつい舌打ちが出た。

「朝から機嫌が悪いなロン、アーロンだ」

聞かれたようだった。殺人課のアーロン・カラマン課長だった。

「ボス、どうしたんです、こんな時間に。また何か事件ですか」

ロンは言った。

「あれ以上の事件がまた起こってたまるか。ポーラ・デントン殺しについて、朝一番で記者会見をやることになった」

「なんですって？　朝一番で？　それにしても、広報担当はいるはずだ、何故ぼくに電話してきたんです？」

「ポーラ殺しは面倒な事件なんだ。娼婦殺しとなるとな、微妙な問題がからむうえに、あの死体のありさまだ。質問も出るだろうし、フレディ一人では心もとない。事情をよく知る者が横に控えていて欲しい」

ロンは無言になった。課長の気持ちは理解できたからだ。しかしこの問題の最重要のポイントは、心もとない人間を広報にすえたという判断だ。

「イエローペイパーも息巻いてるぞ、でたらめの扇情記事を書きちらして、市の教育委員会に胃痛を起こさせてやろうとしてな。ウィリーにもう招集をかけた。まずは広報担当と打ち合わせだ、会見の前にな」

「どうしてこんな時間です？　もう朝刊は出た。夕刊ならまだ猶予はある」

「希望的に見て、地方紙の都合があるんだろうな」

「どういう意味です」

「ロン、これはここ十年来最大の事件だ。全国紙規模の大事件なんだ。欧州の戦争を別にすればな」

「そうかもしれないが、希望的というのは何です」

「号外を出す気なんだろう。だから俺も胃が痛くなりそうなんだ、朝飯を食ってる時間もない」

なるほど、とロンは思った。号外用の輪転機が用意され、待っているというわけか。それで早朝の記者会見か。

「まだ何も解らないんですよボス。今から歯を磨いたら、すぐにMストリートのジェイソンズってバーに廻ろうかと考えていたんだ。そうしたら、会見のかたちがつくだけの情報も手に入るかと。それまで待てませんか」

「そうしたら、また集まれというさ。連中は、喜んですっ飛んでくる。ポーラ・デントン事件は、今、東海岸で一番の話題なんだ」

「今はまだ、犠牲者の名前が解ったというだけだ」

「上等じゃないか、だからそれを教えてやれ」

「名前だけです。それ以外、まだ何も解っていない。あとは息子が一人いて、無言症で、それが風邪をひいて、アル中の医者にかかっていたというだけだ」

「アル中の医者だと？」

課長は高い声を出した。

「どうして解る」

「会ったからです。廊下に患者はあふれていたが、医者はジンの臭いをぷんぷんさせて、表の陽が傾く頃に出勤してくるような男で、注射もできなきゃ、看護婦の名前も憶えちゃいない……」

「そいつのことはブンヤに話さなくていい」

「話しませんよ。お笑いペイパーでもいりゃ別だが」

「犠牲者の子供のこともだ」

「解ってます。普通の子じゃない、特別の配慮が必要です。とにかく、もうちょっと待って欲しかったんです」

「もう待てんのだ、ロン」

課長は言った。

「噂が広まってる。早く記者会見をやらないとなロン、今夜の各社の夕刊は、いい加減な憶測記事で埋まるぞ。でたらめ記事の洪水で、こっちも捜査どころじゃなくなる」

ロンは唸った。

「解るだろう、あんなひどい死体だ、いくらでも三文小説が書ける。ワシントンDCには、イエローペイパーの猛者が揃ってるんだ、やつらが手ぐすね引いてる。連中にとっては新聞を馬鹿売れさせるチャンスが到来しているんだ。われわれは、こいつらのペンの暴走に、待ったをかけなくてはならん。

それにだ、今君が言ったように、手がかりが何もないんだ。アル中の医者の尻を追いかけるわけにもいくまい。そうなら目撃だ。このゲス野郎は、犠牲者をかついでグローバーアーチボルドの森に入ってきていることは確かなんだ。そして木に吊るしている。そういうやっさもっさを、どこかで見ていた者がいるかもしれん。目撃証言は、喉から手が出るほどに欲しい、そうじゃないか？」

「そうですね」

ロンは同意した。

「目撃を募るには新聞が一番なんだ。四の五の言わずにすぐ来るんだ、解ったな」

「ああ解りましたよ、歯を磨いたらすぐに……」

ロンは、ベッドに身を起こしながら言った。

「歯は磨かせてやろうロン」

　課長は言った。

「だがコーヒーは飲むな。そんなことをしている時間はない」

「何時からです、会見は」

「八時だ。言っておくが、それまでにMストリートをちょいと廻ろうなんてことも考えるなよ。売春宿の連中が、こんな時間に起きているものか。君と同じくベッドの中だ。やつらは今寝たばかりだろう」

　ボスはそう言って、電話をきった。


　広報担当のフレディ・トラザスと打ち合わせている時間はなかった。ワシントン東署のロビーに並べられた椅子は、記者を名乗る得体の知れない連中ですでに埋まり、その周囲もごった返していたからだ。ワシントンDC中の記者が集まっているように見えた。フレディは適当な打ち合わせで見切り発車をし、猛者連中の前でひと通りの状況説明を行ったが、たちまち質問攻めに遭っていた。ロビーの壁際で聞いていたロンも、記者たちの気持ちは解った。説明といっても実のある内容はないのだ。

「ひどい事件だ。まったく鬼畜のしわざだが、この事件の動機はなんです？」

記者の一人が質問の大声を出した。

「こんな朝早くから、わざわざ警察署に足を運んでくれたのはご苦労だったな」

フレディは質問と関係のないことを言った。記者はきょとんとしている。

「だが新聞記者なら、自分の新聞名を名乗ってくれ。私も名乗っている、ワシントン東署のフレディ・トラザスだとな。そいつは人の道、礼儀というもんだ」

フレディは言った。

「そいつは解せねぇな！」

すると、すかさず誰かの声がした。

「どうしてだ」

フレディは訊いた。

「聞いたこともねぇ新聞社なら、質問に答えてやらねぇってこってすかい」

すると記者団がどよめいた。

「平等じゃねぇんだな」

「いや、そういう意味じゃない」

フレディはあわてて言った。すると別の誰かが、フレディの加勢とも何ともつかないことをわめいた。

「小学校の学級新聞じゃないってことが知りたいだけさ！」

「それじゃ、女たちの美容院に置いておく雑誌の記者ならどうだ」

別の者の声がする。途端にざわめきが増す。

「そんな雑誌は、誰と誰がくっついたって記事だけだ。警察なんぞに来やしねぇ」

「ええい解った、新聞名なんぞはいい。質問は何だったかな」

フレディは怒鳴った。

「動機ですよ、娼婦が殺されて、その死体が木から吊るされた。そして、スカートの下であそこがえぐられていた」

「ひでえもんだぜ！」

誰かが野次った。

「ホシがこんなことをした動機はなんです」

「待て、殺されたんじゃない。心臓麻痺だ。自然死だ」

フレディは訂正した。

「それじゃ、死んだあと、あそこをえぐったんで？」

「そうだ」

「何のために」

「捜査中だ。昨日の今日だ、まだ解らないことは多い。だがそれは、娼婦たちへの強い恨みは考えられる。こういう線は無視してはならんだろうな」

フレディがこう言うのを聞いて、椅子にすわっていたロンは、隣りにすわっているウィリーの顔を見た。ウィリーも、ロンを見返した。

「おまえと同じ意見だな」

ロンは言った。

「過去、類似した事件はありましたか?」

記者は問う。

「今調査中だが、私の知る限り、世界中にない」

フレディは言う。

「ロンドンの切り裂きジャックはどうです」

もの知りの記者が訊いた。

「ああ、あれがかろうじて近いくらいだ」

「しかし、レイプされてはいないのでは?」

別の記者が大声で言った。

「そうだ」

とフレディ。

「それも切り裂きジャックと似ている」

「ジャックもやってないって？」

「当時の調査はずさんだったが、私はそう理解している」

フレディは言った。

「恨みはあるが、娼婦を買って、それでやっていないんですかい」

「そうだな」

「ことにおよぼうとしたら女が心臓麻痺を起こした」

「ああそうだ」

「それであそこをえぐったと？」

「ナイフでな」

「えぐるために買ったんですかい、その女を」

「かもしれんな」

「誰でもよかったと」

「あるいはな」

「それから木に吊るしたのは何故です」

フレディは言葉に詰まった。ちょっとした沈黙のあと、彼はやおら言いはじめた。

「君たち、考えてもみたまえ」

フレディは説得口調になる。

「ここに恨みの重なる女がいる。今やそいつは死体だ。そういう彼女の体を木に吊るすやつがいたら、これはリンチに決まっているだろう」

記者団はいっせいにどよめいた。

「それじゃあ犯人は、ポーラ・デントンの顔見知りで？」

「そいつは、考慮すべき推理だな」

「誰でもよくはなかったんですかい」

誰かがもっともなことを訊いた。

「あいつは広報には向いていない」

ロンは隣りのウィリーにささやいた。

「混乱させてるだけだ。パルプフィクションで、ギャング小説でも書いている方がいいぞ」

ウィリーはうなずく。そして言う。

「それとも、ハイスクールの行儀の講師だ」

「いいね」

「こいつは何なんだ？ この集まりは」

ウィリーは記者の集団を右手で示した。

「フレディ・トラザスの意見を聞く会か？ あいつ、自分の意見を言いすぎる」

「そうだウィリー、まだそんな段階じゃない、犠牲者の名前がやっと解ったばかりだ」

ウィリーはうなずく。

「まだ何も言う段階じゃない、事件の理由も解らないんだ、怨恨とは限らん。それに相手を間違えている。酒場でボブ・クリッペン医師あたりを相手にしゃべっているならこんな出まかせでいいだろうが、この連中はこれでも新聞記者なんだぞ。ここで聞いた話を活字にして、全米中に広めることができる連中なんだ。こんな矛盾だらけのヨタ会見じゃあ、連中が今夕、記者会見なしで書いたはずの憶測記事と変わらない」

「ああそうだな諸君、確かに変態だろうさ、世の中にはとんでもないやつがいるもんだ。まるでジャングルの首狩り族だ」

そうわめいているフレディの声が聞こえていた。と思っていたら、

「ロン！」

と、こちらに声をかけてきた。

「なんだ」

ロンは驚いて言った。

「記者からの質問だ。犯人のめぼしはついているのかと」

「今答えられることはない」

ロンは、ちょっといらついて怒鳴った。昨日の今日で、もう犯人のめぼしがつくなら苦労はしない。

「ここを早く解放してくれたら、そいつのところに行きたいんだ」

「そいつってのは、女のあそこをえぐったやつですかい」

すかさず記者が訊いてきた。

「そうであればいいと思ってる」

ロンは言った。

「行って、早くそれを確かめたいんだ」

「あんたは本件担当の刑事？」

別の記者が訊く。

「そうだ」

「その容疑者の名前は？」

「まだ言えない」

「ぜんたいこの変態は、なんでこんなことをしたんです？」

「私が答える義務はない、犯人に訊け」

ロンは突っぱねた。

「怨恨の事件なのに殺していないって？」

誰かの声がする。

「自然死？　しかもレイプはしていないってんですかい」

「筋が通らねぇな」

別の誰かの声がする。

「怨恨とは言っていない」

ロンは言った。

「こちらのお方は、そのように言いましたぜ」

「現場の自分は言っていない」

「じゃあなんで女のあそこをえぐったんです？　あんな暴虐行為、恨み以外にどんな理由があるってんですかい」

「述べた以上のことを言うつもりはない」

ロンは言った。

「私から君らに言いたいことはただひとつだ」

すると、記者たちが身がまえるのが解った。しんとした。

「目撃が欲しい」

記者たちがうなずいているのが見える。

「これは、文明国にはまれな怪事件だ。ジャングルの奥地ではない、街中だ。なのに目撃者が出ない。材料が乏しいんだ。だから、不必要にあおらないで欲しい。今欲しいのは目撃情報だ、憶測や想像ではない。そんなものが何ダース出現しても、私は興味がない。よく理解して欲しい。そして、協力して欲しいんだ。正確な事実だけを報道してくれ」

「ロン、俺の記者あしらいぶりはどうだった」

会見を打ち切り、記者たちがぞろぞろ帰りはじめると、フレディがロンたちのところにやってきて訊いた。

「そうだな」

ロンは慎重に言った。正直に言えば、広報担当の記者会見で、これほどひどいものは見たことがなかった。占い師の託宣でももっとましだろう。

「海千山千の連中をあしらうのは骨が折れる」

フレディはすまして言う。

「ああそうだな」

ウィリーも同意した。

「コメントはそれだけか」

フレディは不満そうに訊く。

「とにかく、今日の夕刊だ」

ロンは言った。

「あるいはランチ時の号外だ。そいつが勝負だ。俺は今朝の記者会見は、売らんかなのイエローペイパーの勇み足に、待ったをかけるためだと聞いた。君は違うのかフレディ」

フレディは天井に鼻を向けて、いっとき思案している。

「それとも三十分ばかりヨタ話をして、記者をあしらえと？」

「何が言いたいロン」

「別に。だが俺の目には、連中の憶測記事を助長したようにしか見えなかったな」

「火に油を注いだな」

ウィリーも言った。

「怨恨ゆえのリンチだって？」

「違うのか？」

フレディはロンに向かって訊いた。

「まだどんな判断もできん、だからコメントは控える」

ロンは言って、フレディに背を向けた。

9

ウィリーは自動車を、Ｍストリートの歩道のへりにつけて止めた。止まる前からロンは、いらつくようにドアを開けて待ち、ウィリーがサイドブレーキをかけたのを見ると、すぐにいっぱいに開いて歩道におり立った。

ドアを開け、車の鼻先を廻って追ってくると、ウィリーも歩道にあがった。そして、

「待てロン、何をそんなに急いでいる」

と言った。

「急いでいるように見えるかウィリー」

ロンは訊いた。

「見えるな」

「そうならフレディのせいだ。間もなく号外が出るだろうが、あいつのせいで、内容は最低になる。娼婦に恨みを持つ変態の殺人鬼がワシントンDC中を闊歩していて、娼婦連中を次々に血祭りに上げようとしている、と書いてあってみろ」

「ああ」

ウィリーはうなずく。

「ジェイソンズの連中も、そこに属している娼婦たちも、ワシントンDCを逃げ出すかもしれん」

「警察に何かしゃべったやつから殺されていると書けば、みんな貝にもなる」

「売春組織同士の抗争だと、憶測を書かれても同じだ、みな警戒して口をつぐむ。おしゃべりは銃弾のもとだ。常連客の犯行だと匂わされれば、客に関しても何も言わなくなる。とにかく新聞記事が出るまでに、やつらから話を聞きたい。ボスが言うように連中がまだ寝ていれば、ポーラが死んだことをまだ知らない可能性もある」

九番通りとの角のジェイソンズは、意図的にそうしているのだろう、目立たない小さな店だったが、すぐに解った。ロンがグリーンに塗ったドアに近づいていき、真鍮製のノッカーを打った。しかし、何の反応もなかった。ノブを持ってひねると、鍵がかかっている。ドアに塡まったガラス窓に顔を近づけると、内部にカーテンがあって、よくは見えない。しかしわずかな隙間から見る限りでは、中に人の影はなく、店内は暗い。

上品なやり方はやめ、ロンは拳の腹の部分で思い切りドアを打った。しばらくやってみたがやはり変化がないので、さらに強く打ち、開けろと怒鳴ってもみた。

ウィリーはロンの後方に立ち、二階の窓を見上げていた。一階は店舗だ、実際人はいないのだろうが、二階にはいるはずだ。

ロンは叩き続けた。引き下がる気など、もうとうなかった。今のところ、これが唯一の手がかりなのだ。ここを諦めては、取りあえずやることがない。

五分も続けたが変化がないので、ロンは最後の手段を行使した。

「警察だ、ここを開けろ。でないと蹴破るぞ！」

と叫んだのだ。

「おい」

とウィリーの声が背中でした。振り返ると、上空を指さしている。

「何の騒ぎですかい、朝っぱらから」

声が降ってきた。歩道をさがって帽子のつばを押しあげ、声の主を見ると、白いランニングシャツにロウブを羽織った男が、こっちを見おろしていた。

ロンは、黙って男にバッジを示した。

「警察の人がなんです？　うちはかたぎの店ですぜ」

男の言は語るに落ちていた。かたぎの商売の、かたい店なら、そんな言い方はしない。

「ここがどんな店で、何をやっているのかは知っている。だが今日はそんな話をしにきたんじゃない。別の事件の聞き込みだ」

ロンは言った。

「勘弁してくれませんか、ひどく疲れてるんだ。休んでいるところで。聞き込みならよそでやれるでしょう」

「すぐにすむ。話がしたいだけだ。重大事件の捜査中で、知りたいことがある。君しか知らないことだ。そして協力的なら、今日一日で終わりだ。拒否するなら、令状を取ってきてここを破る。逮捕して、証言は署で取ることになる。どっちにする？」

それでも男は面倒そうに下を見おろし、しばらく逡巡していたが、

「五分お待ちを」

と言って、引っ込んだ。

ドアの向こうを、誰かがやってきた。中からロックをはずし、覗いた顔を見ると、さっきの男だった。髪を撫でつけていた。後方にもう一人、歳の若い男が立っていた。栗色の長い髪をして、赤い唇をした、顔だちのいい男だった。

扉を開けておいて、男はこちらを見たまま、すたすたとあとずさる。相変わらず白いロウブ姿だった。店内には、カウンターバーがあった。右手の壁際には、テーブルと椅子が四脚、カウンターに沿って、縦方向に並んでいた。

ロンは、もう一度警察のバッジを見せた。そして、暗いなと言った。後方にいた若い男が、壁に手を伸ばしてスウィッチを入れた。それで、店内は明るくなった。

ロンは踏み込んでいって、右手のテーブルに尻を載せた。そして言う。

「われわれの話はふたつだ。ひとつはこれ」

懐からポーラ・デントンの写真を抜き出した。

「彼女はここで働いていた、そうだな?」

男は無表情な顔で、写真を見つめていた。手に取ろうともしなかった。やがて、顔を上げて言う。

「見たような顔だが、認めていいのかな」

「どういう意味だ？」

「認めて、即手錠を塡められるんじゃかなわない」

「それはしない。君らの夜の商売に関しては、今回は不問だ。彼女の事件に関して、聞きたいんだ」

「彼女の事件？　彼女、何かやったんですかい？」

ロンはじっと男の顔を見つめた。とぼけているようには見えなかった。

「知らないのか？」

首を横に振る。

「何も」

「連絡がないなとは、思っていなかったか？」

「それほどの人気者だったわけでもないし。電話がなくても困らない。闇で個人的に稼ぎそうでも、よそに引き抜かれそうでもなかった。彼女の方がうちで働きたがっていたんだ。本当ですぜ、嘘言っているように聞こえますか？」

「死んだ」

ロンはいきなり言った。すると男はほう、と声をもらした。

「ではこれは死に顔？」

「そうだ」

男は鹿爪らしい表情を作り、うなずいた。

「どうだ？　さもありなんと思えるふしはあるか？」

ロンは訊いた。

「いや」

男は首を横に振る。

「どんな女性だった」

「どんなって、普通ですよ。たまにジョークを言って騒ぐこともあったが、特に目立った子ではなかった。歳もいっていたしな」

「彼女を気に入って、つけ廻していたような男はいなかったか？　変態趣味を持つような男で」

男はまた軽く、短く、首を何度か横に振る。

「聞いてないな。そもそも私は彼女のこと、よく知らないしね」

「彼女から特に苦情が出たようなことはなかったかね？　危険な目に遭っている、守って欲しいというような類の訴えだ」

「聞いてないな」

「苦情受付係は誰だ？」

「そりゃまあ私ですがね、変態的な客と言っても、今時そういうのは多いしね。いちいち取り合ってはいられない。女の子も、多少のリスクは覚悟の上だ」

「彼女がステディに付き合っていたような男は？　つまり恋人だが」

「いなかったと思うな。欲しがっているふうではあったが」

「客では？　週に二、三度、ずっと関係を続けているような、客と恋人の中間のような存在の男は聞いていないか？　彼女が、多少は頼りにしているような存在だ」

「いたかな……。いたかもしれんが、自分は知らない。女の子は多いんでね」

「アンソニー・メイドン。こういう名前に記憶は？」

「さあ……」

「われわれの、もう一件の用事はそれだ。この男を捜している」

その時ドアが開いて、ずんぐりした体形の男が入ってきた。ロンたちに一瞥をくれてから、ロウブの男に寄っていった。

「ヘイ、調子はどうだい。今日はまた早起きなんだな。こりゃあまた、いったい何の騒ぎだ？」

「訪問客に起こされた。聞きたいことがあるんだと」

彼は顎をしゃくってロンを示し、それで男はロンに向き直った。

ロンは、いきなりバッジを右手からぶら下げた。途端に男はうろたえ、入ってきたドアに向かって駈けだそうとした。ウィリーがすかさず進路に立ちふさがった。

「さがれよ、もとの位置まで」

ウィリーは、無愛想に言った。

ロンはバッジをしまいながら、左の手のひらを男に向かって広げておき、こう言った。

「落ちつけ。今日は誰も逮捕するつもりはない。この店や君らの夜の商売に興味はない。ただ話が聞きたいだけだ。重大な殺人事件が起こっている。これから間もなく報道があり、東海岸中がひっくり返るだろう。そうなら犯人も高飛びを考える。そうなる前にホシをあげたい。協力して欲しいんだ、いいな？」

ロンが言うと、男はうなずいた。

「ここで働いていた女性、この子を知っているな？」

ポーラ・デントンの写真を突きつけた。彼はじっと見入っていたが、顔をあげてうなずく。

「知ってますよ、顔見知りって程度だが」

「親しかったか？」

男は首を横に振る。

「顔見知り程度って言いましたぜ。彼女が何か？」

「ポーラは、面倒な事件を起こしそうな女性か？」

男はまた顔を左右に振った。

「そうは思わないな、派手な子じゃない。子供もいて、真面目にやっていた。まあこんな商売で、真面目ってのはおかしいが」

「マーチンだな」

男はうなずく。

「彼女につきまとっていたような男は？」

「そんなのはいない。彼女は、客あしらいはうまい方だったし、ずるいことはしなかった。嘘をついたり、客をすっぽかしたり、約束をたがえたり、規定以上の金額を要求したりは……、解るでしょう？　ポーラがいったい何を？」

「殺されたんだとよ」

ロウブ姿の男が言った。ロンは死んだと言ったのであって、殺されたとは言っていなかったのだが、連中の言いたいようにさせておいた。

彼は言って、放心した。

「なに？」

ウィリーが訊いた。すると男は無言でうなずく。

「意外か？」

「ああ意外だ、殺されるような女じゃなかった。真面目さではうちでも一、二だろう」

「全体、なんでこれが東海岸全体がひっくり返るような事件なんです？　夜の女が一人殺されたってだけだ、アメリカならよくある話で、ニューヨークやボストンに行けば山のように転がっている」

「女性器をえぐられていた」

ロンが言った。

「なんだって!?」

男三人は、唖然としたようだった。

「そして、グローバーアーチボルド・パークの森の、ブナの木の枝から吊り下げられた。だから内臓が、足の間に垂れ下がっていた」

「おお、神よ」

とロウブの男が、柄にもないことを言った。

「なるほど。それで変態野郎か」

「そういうことだ。さあ、こんなことをしそうな人間に心当たりは」

言って、ロンはぐるりを見渡した。誰の表情も、うろたえてはいなかった。要するに、さして関心がなさそうだった。しいて言えば、最後に入ってきた小太りの男の表情に、わずかな動揺が見られた。

「あんた、名前は」

ロンは小太りの男に話しかけた。

「ステファノ。ステファノ・ラモス」

彼は答えた。

「OKラモス君。アンソニー・メイドンだ、この名に心当たりは」

しかしステファノは黙っていた。ロンはロウブの男を振り返った。彼は黙って首を横に振っている。ロンはさらに、その背後に立つ若い男にも訊いた。

「君は。アンソニー・メイドンだ、この名に心当たりは」

「ぼくは何も知りません」

彼は答えた。

「OK紳士諸君、今日は逮捕者を出す気はないと私は言った。話さえ聞いたらおとなしく帰るつもりだった。だからこの店や、上は何のオフィスだ、なんて訊く気はない。だが君らが、あきらかに知っている事実を隠すようなら、この限りではないぞ」

そして一同の顔をぐるりと見廻した。

「初動をミスれば、あとで後悔させられる。普通のヤマならそれもいいが、こいつはちょっとやそっとの事件じゃない、こっちも紳士的にふるまってばかりはいられんぞ。失敗したら、われわれが笑いものになるってだけじゃない、君らにも被害は及ぶ。なにしろ娼婦目当ての事件なんだからな。

お互い、尻に火がついているんだ。そいつをよく自覚しろ。恨むなら、こんな馬鹿をやった変態野郎を恨め。犯人が挙がり、平和が戻ることを、君らも望むはずだ。そうだろう？　さあラモス君、アンソニー・メイドンはどこだ。どこに住んで、どんな野郎なんだ」

ステファノは、ちらとロウブの男を見た。ロウブの男が、顎を小刻みにうなずかせるのを、ロンは見た。

「Pストリートの照明器具屋の経営者だ。独身の中年男で、ポーラと親しくしていたのは知っている」

ステファノが言った。

「親しくというのは、どの程度だ？」

ウィリーが尋ねた。

「週、最低一度はポーラを買っていた。できることなら、一緒になりたいと思っているふうだったな」

「娼婦とか？」

「ああ」

「変態男か？」

するとステファノは首を横に振る。

「そんなふうには見えない、ごく普通の親爺だ。それにポーラに惚れていた。あの男が殺すとは思えない。ましてそんなひどいことを」

「ポーラの方はどうだ」

「どうって？」

「惚れていたか？　アンソニーに」

ステファノは、また首を左右に振った。

「彼女は、たぶんなんとも思ってはいなかったろうな」

それなら、思いがもつれることはある。

「Pストリートのどのあたりだ?」

ウィリーが訊く。

「カナルストリート・サウスウエストの近くで、確か北側だった」

ステファノは言った。

「できたら、われわれに聞いたとは言わないで欲しい。われわれの商売は、信用が第一なんでね」

ロウブの男が、横あいから言ってきた。

「言いはしない」

ロンは言った。

「実際アンソニー・メイドンは、君らが口にした名前じゃない、ポーラが部屋に書き遺していたんだ。だがな……」

いったん出口に体を向けたロンだったが、ロウブの男に向き直った。

「派手な事件だが、手がかりが乏しい。情報が欲しいんだ、どんなものでもだ。メイドンが違って、しかも目撃も出ないってことになれば、また来るほかない。だからよく思い出しておいてくれ。仲間内か客で、ポーラにこんなことをしそうな変態の名だ」

そう言い置いて、ロンはウィリーを誘って店を出ようとした。が、思いついてまた立ち停まる。そしてこう言う。

「もうひとつだ。ポーラは心臓が悪かったらしい。知っていたか？」

するとステファノとロウブの男が、揃って首を左右に振った。

10

「どう思ったウィリー」

車に戻り、走りだすと、ロンはハンドルを握るウィリーに訊いた。

「嘘は言っていないように見えたな」

ウィリーは言った。

「ポーラ・デントンは、やや地味な印象の真面目な女で、客を怒らせるようなことはしなかった、金に関してもきれいだったから、組織のあの連中も怒らせてはいない。だから、殺される理由もないと、そういうことだろう？」

ロンもうなずいた。

「そうだ」

「われわれの見た死体の顔も、まあそんな印象だった。ずるく立ち廻りそうなろうたけた印象ではなかった。美貌を鼻にかけて何かを強引にやるというタイプでもなさそうだ。そうでなければ、マリア・セラノなんて友達もできないだろうしな」

「真面目さでは、うちでも一、二だったと」

「ああ」

「これらが事実ならウィリー、怨恨からはどんどん遠のく。そんな女、恨まれる理由がない」

ウィリーは無言でうなずく。そしてこう言う。

「まあ、変態野郎に人情味なんかないかもしれんが、ポーラには小さな子供もいた。母親を殺せば、子供は一人になる。ましてあんな無言症の子供だ。そんな家庭の事情を知っていたら、殺すなんてまずできないだろう」

「待てウィリー」

ロンは即座に言った。

「これは殺人じゃないんだ、心臓麻痺だぞ、忘れるな。変態のゲス野郎だというのは、死んだ女の性器をえぐって、その後体を木から吊るしたからだ」

「ああそうだったな。あいつらの言っていたことに、つい影響されちまった」

ウィリーは言う。

「死体にあんな狼藉を加えていれば、当然こいつは女を殺してもいるとも思ってしまう。誰でもそう思う。こいつが罠なんだ。これで事態が解らなくなる」

「そうだな、その通りだ」

ウィリーはうなずく。

「おまえが言っているそれは、これから会うアンソニー・メイドンのことじゃないか？」

ロンは言った。

「あん？」

「彼が脳裏にあるんじゃないか？ 小さな子供を一人で育てている女だから、そしてその子は無言症だから、母親を殺せばその子がひどくつらい思いをする、そう考えるだろう男というのは」

ウィリーは二度三度うなずく。そして言う。

「そうだな、ああその通りだぜロン。無意識のうちに、俺はそう考えていた。照明器具屋の親爺なら、ポーラの家庭の事情も知っていただろう。ひどい冷血漢というのでないなら、子供のことは一応考えたはずだ」

「ましてポーラに惚れていて、一緒になりたがっていたというならな」

「そうだ。そうして、思いとどまったろう」

「ふむ」

「しかしそもそもそういう男なら、ポーラが心臓を押さえて苦しがりはじめたら医者を呼んでやるだろう。そのまま死なせておいて、その上ナイフを取り出して彼女のあそこを……」

「まてウィリー、ちょっと停めろ。号外だ！」

ロンが大声を出した。Mストリート・サウスイーストの新聞スタンドに、号外の文字が見えた。ついでに、「血まみれの猟奇殺人」の赤い文字も目に飛び込んだ。

「やはり出たか」

ウィリーは唸った。

ウィリーが車を停めると、突き飛ばすようにドアを開けてロンは飛び出していき、歩道を駈けだして号外をもらってきた。

助手席に戻り、ドアを閉め、いいぞ、出してくれと言った。

以降しばらく沈黙になったから、ハンドルを操りながら、ウィリーはちら、ちらとロンを見た。

「グローバーアーチボルドの森に、おぞましき猟奇殺人発生か。ふん、なかなか扇情的なこったぜ」

しばらくして顔をあげ、ロンは言った。聞いてウィリーも鼻を鳴らした。

「女性の変死体は、着衣のまま両手を上にあげ、それぞれの手首を縛られ、無残にも木から吊るされていた。加えてなんとおぞましいことに、女性は下着を剝ぎ取られ、露出させられた女性器の周囲の肌は、ナイフで深々とえぐられていたから、膣や子宮などの内臓は、両足の間から長々と、蛇のように垂れ下がっていた。

現場の地面には、おびただしい血で小さな池ができ、ワシントン東署は、開設以来の猟奇的殺人事件の発生に、混乱を極めている。おい、殺人ではないと俺は言ったぞ！」

頭にきてロンはわめいた。

「下品な形容詞が多すぎるな」

ウィリーは冷静に言った。

「血の池だと？　いったいどこの国のことだ。出血はそもそも少なかったんだ、損壊は死後だったからな。開設以来の混乱を極めているのはこいつの頭だ！」

ロンはわめいて、号外を後部座席に放り投げた。

「こいつのどろどろの脳みそを、靴で踏み潰してやりたい！」

「予想通りか」

溜め息をついて、ウィリーが言った。

「ああ。パルプフィクションだってもっと上品だ」

「やっぱり火に油を注いだな、フレディのやつ。犠牲者の名前は書いてあったのか？　ポーラ・デントンと。そして警察は今、何より目撃を求めているってことは」

「あるものか。ブンヤども、こっちの都合なんざこれっぽっちも考えちゃいない！」

「あとはわが社の新聞を、というわけか」

ウィリーは言った。

車はＰストリートに入った。車の速度を落としながら、ウィリーは言う。

「もうすぐカナルストリート・サウスウエストだ……、あった、メイドン照明器具店」

そしてウィリーは車をそろそろと歩道に寄せていって、停車した。レンガ積みの建物の、けっこう大きな店だった。歩道に沿って並ぶ左右の小売店の、二軒分ある。

ロンはまた車を飛び出し、早足で歩道を横切って、店のドアを押して開けた。気がはやっているのが自分で解っていた。こういう気分の時は、強いて慎重になる必要がある。それも承知している。

無数の照明器具が天井からさがる店内を、アンソニー・メイドンを求めて奥に進んでいくと、横合いから若い店員がふらと出てきて、通路に立ちふさがった。まだ二十代だ。

彼がアンソニー・メイドンではあるまいと思い、こう訊いた。

「アンソニー・メイドンさんに会いたいんだけれど」

すると彼は言った。

「今ちょっと出ていますが、すぐに帰ってきます」

「どちらへ？　仕事ですか？」

「ランチを買いに、ああ、戻ってきた」

彼が言うので振り返ると、頭髪を失った小柄な男が、ガラスドアを押して入ってくるところだった。紙の包みを抱え、白いミルクのボトルを持っていた。その後方に、ウィリーの姿があった。

「アンソニー・メイドンさん？」

寄っていって帽子をとり、ロンは訊いた。

「そうです」

言ってアンソニーは、柔和な笑みを浮かべた。

ウィリーが背後に立ったから、警察官二人は、アンソニーを前後にはさむかたちになった。逮捕する気なら最高のかたちだ。ロンは、バッジを出して示した。アンソニーの顔から瞬時に笑みが消えた。そして、紙の包みとミルクを、黙って若い店員に向かって差し出した。店員は受け取り、ちょっと迷ったふうだが、くるりと回れ右をして、すたすたと奥に向かった。

「ちょっとお話をうかがいたいんです」

ロンは言った。そして店の隅に誘った。客の姿はなかったのだが、邪魔にならない位置に移動した。

「なんでしょうか」

ついてきながら、アンソニーは言った。表情に不安が浮いている。しかしそれは、刑事の突然の訪問に、誰もが感じる程度の不安に見える。アンソニーの態度は、ごく自然だった。

「ポーラ・デントンさんに関してなんですが」

ロンは言った。

「ポーラが？」

アンソニーは言った。

「彼女が何か、ひょっとして……」

彼はそう言って、言葉を停めた。

「ひょっとして、何です？」

ロンは、ある期待を込めて訊いた。

「逮捕でも、されたのですか」

アンソニーの口もとには、強い緊張がある。ロンは無言で立ち尽くした。拍子抜けしたことを、悟られまいとしてだ。

アンソニーは、ひたすら真剣に、その心配をしているようだった。ほかの何も、考えてはいないように見えた。

ロンも、横に立ったウィリーも黙っているので、アンソニーは言葉を継いだ。

「ポーラがしていた仕事のことですか？　ああきっとそうなんでしょう」

そう言って、ちょっと沈黙する。しかし待つほどもなく、すぐに続けた。

「それは、あんなこと、大勢に勧められたものではないです。でも彼女は、本来は真面目な女性なんです。あんなこと、楽しめるような女じゃない、本来家庭的な人で、ずっと辞めようとしていた。しかし、今は仕事がないんです。不況でね、仕事があれば、誰もあんなことはしません。ご存知なんでしょう？　私はここで、私の店で働かないかと誘っていました。毎日大勢の客に接するのは苦手なんだけどと、彼女はそう言っていました。でも考えてみると、そう言ってくれていたんです」

「ここで働くことも、彼女は考えていた？」

ロンが訊くと、照明器具屋の主はうなずいた。

「そう言ってくれていました。考えるわと、でも……」

「でも？」

「店の評判を落とすからと」

そして沈黙になった。

「逮捕されたのでは……」

彼は重ねて訊いた。

「違います」

ロンはぴしゃりと言った。しかし、細かい説明をする気にはなれずにいた。

アンソニーの表情にかすかな安堵が浮かんだが、それはたちまちより大きな不安に取って代わられたようだ。

「彼女が、何か……」

「号外を、見ていないですか？」

ロンは問い、アンソニーは首を横に振った。

「ここが……、店を離れられないもので。何なのですか、どうぞ言ってください」

彼は言う。

「死にました」

するとアンソニーは絶句し、立ち尽くした。

「なんと」

そして、見ているうちに目が充血し、下瞼にみるみる涙が盛りあがった。

「どうして……」

アンソニーは言った。その様子には切羽詰まった気配があり、真実だけが持つ、重い手ごたえがあった。ロンは、納得せずにはいられなかった。

「どうしてです」

アンソニーはまた言う。ロンは黙っていた。観察をしていたから、なんと言ってよいか解らなかったからでもある。

アンソニーは深い溜め息をひとつ吐き、それから言いはじめた。

「私はいつもいつも、毎日、ポーラのことを考えていました。あの子がここに来てくれて、一緒にこの店をやる日のことを。みんなおかしいと言うかもしれない、あの子のやっていること、それは、自慢できることじゃないし、仕事だけ見たら、自堕落な女のやることで、軽蔑の対象だ。それをこんなに思い続けて……。

私のことをおかしいとみんな言うでしょう。忠告もしてくれるかもしれない、何をいったい考えているのかと。あの子を知っている馬鹿な男が、噂をたてるかもしれない。それはこんな店には、確かに致命傷になるかもしれない。でもこんな私だ、歳もいったつまらない親爺で、格別何も持ってない、この店以外には。もうあの子以上の女が出るはずもないでしょう。

私は真剣だった。誰が何と言おうと、あの子を家に入れて、所帯を持って、一緒に生きていくことを、真剣に考えていました、ずっとね。噂には一緒に闘おうと。私にはもう何もないからね、それで……」

「奥さんはいらっしゃらないのですか」

ロンは訊いた。

「昔、もうずっと昔に別れて、それからは一人です。息子が一人いて、彼はずっと母のところにいたんですが、今は独立して学生寮にいるから、私の仕事を手伝ってくれています。しかし、しかしなんとひどいことだ。どうしてですか。何故ポーラに。彼女は母親なんです、だから彼女にだけは、そんな悲劇が襲ってはいけない、断じていけない。ああ刑事さん、ポーラに何が起こったんです？　ちょっと失礼……」

言ってアンソニーは、ハンカチを出して涙を拭いた。

「メイドンさん、何かご存知のことはありませんか？」

ロンは言った。

「私が？　私は何も知らない、何も解らない」

アンソニーは、ちょっと強い声を出した。

「これは言いづらいことですがメイドンさん、定石なのでご勘弁願います。一昨日、十一月一日の夜ですが、あなたはデントンさんには会いませんでしたか？」

「一日、おととい？　いや」

アンソニーは首を横に振った。

「どちらにいらっしゃいましたか？」

「おとといの夜は、店を閉めてから息子と二人で食事をして、それから一緒にこの先のトゥインビーというパブに行って、息子はそこで帰ったから、あとは近所のジェイコブという友人と、遅くまでしゃべっていました。それから家に、この二階に戻ってきて寝ました。ヘイ、ジェフ！」

アンソニーは大声を出した。するとすみの小テーブルでサンドウィッチを食べていた店員が立ちあがり、こっちにのっそりと歩み寄ってきた。

「おまえと一緒にそこのフィッシュ・カンパニーに行ったのは、あれはおとといの夜だったよな？」

「ああそうだよ」

息子は言った。店員は、息子だった。

「それからトゥインビーに行ったよな」

「うん、そうだ」

「解りました」

ロンは言った。

「どうぞランチを続けて」

と息子に言った。それから父親に向き直った。

「デントンさんは、心臓が悪かった。知っていましたか？」

「知っていました、薬を呑んでいた。もしやそれで？」

「そうです」

ロンは言った。

「ハート・アタックです」

「はあ」

アンソニーは、深い溜め息を吐いた。

「彼女につきまとっていたような男、心当たりはありませんか？」

　アンソニーはすると、即座に首を左右に振る。

「知りません、私は知らない」

　それからついと顔をあげて訊く。

「ハート・アタックなんでしょう、それなのに何故男なんです？」

「特に親しかった男性についてなどは……」

　ロンは答えず、重ねて訊いた。するとアンソニーは、一瞬ロンの顔を睨んだように見えた。それから言う。

「知らない。私は知らないし、知りたくもない」

　それからこう続ける。

「私のことはどうして？　誰に訊いたんです」

「誰にも」

　ロンは言った。

「デントンさんが、手帳に書き遺していたんです、あなたの名前を」

「ポーラが？」

「そうです。だからあなたが一番親しい人のように、私たちには見えましたのでね」

　すると彼は固く目を閉じた。そうしたら左のまつげの先に涙の球がひとつ、朝露が葉先にかかるように、かかっているのが見えた。

「ああ、今の私には、その言葉だけで充分ですよ」

照明器具屋の親爺は、感に堪えない調子で言った。

「今のこのどん底の私には、その言葉はまるで詩人の言葉だ、あまく響きます」

ロンは聞きながら、黙ってうなずいた。わずかな感動と、その背後にある強い失望に堪えながらだ。この男は、犯人ではなかった。

「さあ、もういい、もう教えてください刑事さん、今なら堪えられる。ポーラが心臓麻痺で死んだというだけでは、あなたは私のところには来ないでしょう？　ポーラに、何があったんです？　何をされたんですか」

ロンはしばらく黙って立っていたが、失望が虚脱感になり、説明する元気など到底出なかった。

「間もなく出る新聞を読んでください。しかし言っておきますがメイドンさん、この先で配っている号外は読まない方がいい、でたらめです」

言いながら、新聞はまともであって欲しいと願った。

「新聞や、号外に載るような事件に巻き込まれたのですか？　あの子が」

アンソニーは、悲しげに言った。

「お気の毒です」

ロンは言った。

「私は犯人を追い詰めたい。あなたの線で捜査が途絶えてしまうと、われわれは取りあえず行き詰まる。真面目なデントンさんをこんな厄介に巻き込んだ人間を、われわれは見つけて、処罰しなくてはならない。だから手がかりが欲しいのです。お解りですね？何か、ご存知のことはないですか？」

「私だって協力したいのですが……」

アンソニーは苦しげに言った。もがくように右手が動いた。

「だが、おかしいほど何も思いつかない。あの子は、派手なところや……、お解りでしょう、ギャングに何かされるような、そういう目立った子じゃなかった。危ないことはしないし、悪どいこともしない。人を挑発するようなところはいっさいなかったし、嘘も決してつかなかった。あの子に較べれば、街のハンバーガー屋の娘の方がよほど危険だ。客に声かけられたり、それに応えてちょっと挑発したりしてね。ポーラには全然そういうところはなかったんです。ごく真面目な母親だった。お解りでしょう刑事さん」

アンソニーは訴えた。

ロンはうなずく。そして、

「解りますよ」

と言った。

「だから、早く犯人を捕まえたいんです」

するとアンソニーはうつむき、首を左右に振った。

「だが私は、役に立てそうもない、残念だが。あの子の、ポーラの人間関係には関わらないようにしてきた。特に男関係には。どんな男と親しいかなんて、知りたくもなかった。だから、聞かなかったんです。あの子の体にしか興味のないような好色な低脳どもなど、なんの益もない。だから早く手を切って欲しかった。それで……、私には解らないです」

「何か思い出したら電話をください、ワシントン東署です。私はロン・ハーパー、彼はウィリー・マクグレィです」

「約束はできません。たった今も、今夜も、明日になっても、私にはとても、何か考えられるとは思えない。ポーラの関係で私が知っている人間といえば、息子のマーチンと、隣りのマリアだけです」

ロンはうなずいた。そして言う。

「解りました。また来るかもしれません」

そしてウィリーを誘って、表に出た。ドアを押し開ける時に振り返ると、床を見てじっと立ち尽くす、アンソニーの小柄な姿が見えた。

11

新聞も号外も出たのに、その日一日、何の情報もなかった。グローバーアーチボルドの森を、死体をかついでうろついていたような人影を見たという者は、ただの一人も名乗り出ない。

驚いたことに、そういう無音の状況は、翌日になっても続いた。報道された内容で、巷《ちまた》が騒然となっている気配は伝わる。しかし、それが目撃情報につながらない。十一月一日のポーラ・デントンに関する情報もない。見かけた者、会って話したという者、彼女を買ったという男の情報もない。娼婦を買ったと名乗り出る者がないのは自然としても、いかに広大とはいえ、街中にある公園に死体をかついで入ったはずの犯人の姿が、誰にも見られていないというのは解《げ》せなかった。

この事態が何を意味するのか、ロンとウィリーは話し合った。自動車を使ったということかもしれない。しかしそうにしても、木にぶら下げている間は、車は道に駐車しておくほかはない。けれども不審な車を見たという目撃証言もない。

しかしこれは、まったく解らない話でもなかった。グローバーアーチボルドの森周辺は旧市街で、各家、道に面した横幅が制限されていた時代の家並みだ。それから自家用車の時代になり、だから駐車場を持っている家はほとんどない。車を持っている家は、すべてといってよいくらい、自分の車は家の前か、周辺の道に止めている。旧市街の道は、だから住民の車でびっしりと埋まっていた。こういう中に混じって止めれば、人目は引かないだろう。

ただし住宅街の歩道は、夜になっても人通りはかなりある。窓からたまたま通りを見ていたという家もあるだろう。こういう人目はあるはずだ。しかし、市街の住人たちからの目撃報告も、いっさい入らなかった。

ロンとウィリーは、またMストリート・サウスイーストのジェイソンズに出かけていって、昨日白いロウブを着ていた男にもう一度会った。今日はダブルのスーツを着た男に、十一月一日のポーラの行動について、さらに詳しい話を聞いた。

男は名をジミー・クレッツァーといったが、一日、ポーラに会ったかという問いには、首を横に振った。ただ電話で、ほんのひと言ふた言なら話したという。

ロンは、思わず色めきたった。昨日どうしてそれを言わなかったのかと詰め寄ると、業務連絡までもいかない取るに足らないやりとりで、言うほどのことではなかったのだという。ともかく話せと要求すると、一日夜の七時半頃に、彼女から店に電話がかかってきた。そして、客はいないかと問われた、今夜はいないと告げた、それだけだという。

店のシステムに関係しそうなことだったので、ロンは店の商売のありようについて、詳しく聞いた。おおよそ以下のようなことだった。

組織に登録している女性たちは、毎晩六時に食事をとり、七時には終えて待機することになっているという。若く、多少見栄えに自信のある女たちは、ジェイソンズのカウンターに来て客を待つ。店に来た男たちがそういう女たちのどれかを気に入り、商談が成立して表に連れ出す、そういうケースが一般的だ。こうすれば女性たちは毎日客にありつけるし、日に何件もこなせるから金にもなる。また店にいてカウンター内に入っていれば、その接客業務に対しても給金が出る。だから効率がよい。

しかし年齢が上がってくると、店内で客を待つことは次第に得策ではなくなる。客がついて店を出ていくのは若い娘らばかりとなり、若い子らの引き立て役にされるだけで、明け方、店が引けると同時にむなしく帰る日々となる。だんだんに接客業務からもはずされるから、夜通し店にいて、一セントにもならない日が多くなる。

こういう女たちは、次第に自宅で待機することを選ぶようになる。店にいる娘らが出払ってしまったようなおり、客が来ると、ジミーが彼女らに電話をして客だと伝える。すると彼女は急いでアパートを飛び出し、店にやってくるか、直接客の指定する場所に向かう。そういう段取りになっていた。

ポーラは年齢も高いし、子供も心配なので家はあけられず、ずっと以前からそういう客の取り方をしていた。ところがこのやり方では、月に数回しか客が取れないことも多く、七時すぎになると彼女の方からジミーに電話してくることも多かった。状況によっては、店にすわりにくることもあった。男の隣りにすわってやり、酒の相手をして会話していれば、年齢が高くとも男がほだされてその気になることはあり、商談が成立する確率はあがる。

だが十一月一日は、そういう状況もなかった。店内はがらんとしていて客の姿はなく、だから今日は客はいないよとジミーはポーラに伝えたという。ポーラはあらそう、と言っただけで、それ以上のことは何も言わず、黙って電話をきったという。

ではそういう日、女性はもう稼ぐことはあきらめる以外ないのかと、ロンは尋ねた。するとジミーは、ひとつ道はある、組織に登録している女なら、Mストリートのこの先にあるショップス・アットGTモールの前の歩道に立つことを、われわれは許していると言った。どうしてもすぐに金が欲しいような時、二線級の女は道に立つ。

しかしポーラが立ってよい場所はそこだけだ。ほかの場所は、われわれは許可していない。むろんこれは単なる交通整理で、女たち自身のためだ。場所の取り合いで、ほかの女たちとトラブルになるからだ。道で客を取った場合、あとできちんとわれわれに自己申告し、所定の金額は納めなくてはならない。違反が露見すれば、罰則を加えることもある。

どんな罰則だとロンは尋ねた。ジミーは苦笑して言う。体罰を加えたりはしない。ただしばらくの間、商売を禁止するだけだ。その間は、自宅で謹慎していてもらう。

君らも困るのではないか、とウィリーが訊いた。働きたい女性は多い、問題はないとジミーは答えた。そのかわりわれわれも定期的に見廻りをして、一人で立つ女性たちを、危険から守ってやる。われわれはそういう契約関係になっている。

ではその夜も彼女はそのようにしたのか、とロンは尋ねた。ジミーは首を横に振った。自分には解らないという。こちらへの申告は、数日のちでも大目に見ている。またそこは自分らの縄張りで、身内の誰かが通りをパトロールするから、立っていれば解る。その時に仕事に出ていることをこちらに伝えてくれても問題ない。

では一日夜、彼女を所定のモール前の道で見たかとロンは尋ねた。ジミーはこれにも首を横に振った。見なかったという。しかし自分らのパトロールはそう頻繁ではない。

やってきて立ち、すぐ客に出会えてどこかへ向かったのなら、われわれには解らないと言った。

これは、そうかもしれなかった。そしてその直後死んだのなら、これはもうロンたちにも調べようがない。道で彼女を買った男が犯人なら、警察に電話してくるはずもないし、犯人でなくても売春は違法だ。警察に連絡はしないだろう。

ロンたちとしては、道で立ち話をし、ポーラと交渉している男を目撃した人間が出るのを待つだけだが、あるいはポーラは、一日の晩は立っていなかったのかもしれない。

ロンとウィリーは、ジェイソンズをあとにして、マリア・セラノのアパートに廻った。廊下に立ち、ドアをノックすると、幸い彼女は部屋にいた。一人だった。帽子を取り、胸のところで抱えて、ドアのところで立ち話をした。

「セラノさん、一日の夜のことなんです」

ロンは始めた。

「デントンさんは夜、仕事に出かけていったようでしたか？」

するとマリアが黙ったので、ロンは重ねて訊いた。

「一日夜、これから仕事に出るので、マーチンのことを頼むと言われたりはしませんでしたか？」

するとマリアは首を横に振った。

「言われませんでした。でも最近は、言わないことも多かったんです」

「そうなのですか？」

ロンは言った。これは意外だった。

「言わずに、黙って出かけていたのですか？」

マリアは、するとうなずく。

「そういうことも多くなっていました」

「しかしそれでは……」

「マーチンも年齢が上がってきて、しっかりしていましたし、毎晩とまではいかなくても、よくあることなんですから、彼も心得ていました。だってポーラは、私が知る限り、朝帰りは一度もしなかったんです」

「ふむ」

「夜、マーチンはもう食事はすませているわけですから、あとは宿題をやって、眠るだけです。一人でもできることです。ポーラも、仕事を終えたらそうっと部屋に戻ってきて、眠っているマーチンを邪魔しないように自分のベッドに入ります。朝はきちんと起きて、マーチンに朝食を作って食べさせて、学校に送り出していました。睡眠が足りていなければ、それから眠ります。彼女はそういう生活でした」

「ではあなたは、夜デントンさんが仕事に出ていっても、気づかないことも多かったわけですね？」

「はい。最近は多かったです。子供が小さい頃です、必ず隣りの私に声をかけてから出ていっていたのは」

「では一日の夜も……」

「夜の時点では気づきませんでした。でも朝になって、マーチンがこのドアを叩いたんです、ママが帰らないと」

ロンは、返事ができなかった。不憫な思いに、声が出なかったのだ。

「マーチンはとても心配していて、見ているのも痛々しいくらいでした。それで私も驚いて、そんなことははじめてだったので、それで彼を部屋に入れて、テーブルにすわらせて、朝食を食べさせたんです。たいしたものはなかったけれど、ありあわせで。でもマーチン、ほとんど食べられなかった。食欲がなさそうで、だから……」

ロンは溜め息をついた。

「それで、ご主人と一緒に……」

「そうです、一緒に朝食をとりました。マーチンは、この先の角にスクールバスが来るんです。そこまでポーラがいつも送っていっているようだったから、その朝は私が送っていきました。大丈夫よ、きっと何か用事ができたのよ、あなたが下校するまでには帰っているからって言って、あまり心配をしないようにと。マーチンは一人でバスに乗って、窓からちょっと手を振って、去っていきました」

「なんということだ」

後方にいたウィリーが言った。やりきれない思いに、彼がうちひしがれているのがよく解った。

「急いで帰ってきたでしょう、マーチンは」

彼は言った。

「ええ」

マリアは沈んだ声を出した。

「だが母親は帰宅していなかった、彼はどんな様子でしたか？」

「ショックを受けていました。だからお茶を飲ませて、お菓子を与えて話して、それでも落ちつかないみたいだから、ボール投げをしました」

だが母親は帰ってこなかった。代わりにやってきたのはわれわれだ。

ポーラ・デントンは、もう永久に息子のもとには帰らない人になったのだ。毎晩仕事に出ていき、睡眠不足のそういう生活が、あるいは彼女の心臓をより弱らせていたかもしれない。

「マーチンは今？」

「私の部屋にいます」

「ああ」

ロンは言って、うなずいた。一人で部屋にいるよりはよい。

「そして学校か、州政府が、何か言ってくるのを待っています」

ウィリーもうなずいている。そしてこう訊く。

「たった今は学校に？」

「そうです。もうすぐに帰ってくるでしょう」

「彼に、変わりはないですか？」

「目立った変化は、私たちには見せません。しかし、傷ついていることは確かです」

「それは、そうでしょうな」

溜め息と一緒にロンは言った。

「あなたも、ご主人も、ご負担でしょう」

「いつまでも続けられることではありません」

マリアは沈んだ声で言った。

「この狭い部屋は、子供と三人で暮らすには手狭です。夫もそう言いますし」

「ああ、そうでしょうな」

ロンは言った。そしてそれ以上、何も続ける言葉を思いつけなかった。マーチンと会いたいような気もしたが、同時に会いたくなかった。マーチンは、母親の男関係など、何も知りはしないだろう。

12

電話のベルが鳴っていた。しかし受話器を取らなくてはという気分には、どうしたことか、いっこうになれなかった。体というよりも、頭が疲れている。考えることを続けすぎたからだ。だから、夢も見ないで眠りこけていた。今ようやく夢作りの機能が立ちあがり、脳が、鳴り続けるこのベルの音を使って、何かもっともらしいストーリーを作ろうとしている。

しかしうまく行かなかったらしく、ふいに覚醒した。天井の白さが、ぼうと闇に沈んでいる。照明器具が下がっていた。だが、その姿に容易には視覚のピントが合わない。

よほど起きたくなかったらしい。

窓のカーテンを見た。これも闇に沈んでいる。夜明けにはほど遠い時刻らしい。

「くそっ」

と暗がりで、ロンは舌打ちをした。いったい誰からの電話か、この非常識な電話が、何が起こった結果なのかなど、考える余裕がなかった。

「はい」

受話器を取り、ともかく声を出した。

「夢のただ中だったろうな、すまんな」

ちょっとつぶれたような男の声がした。

「だが俺もそうだった。俺に電話してきた男もそうだったろう。科捜研のアレックスもそうだし、このあとブンヤも同じ不快を味わう。たぶんウィリーもな。今夜はみんな、そういう運命なんだ」

「カラマン課長？」

「そうだ」

課長は同意した。

「今何時です？」

「知らんな、あとで時計を見てくれ」

彼は言った。

「ああ……」

言いながら、ロンは溜め息を吐いた。そして言った。

「こんなこと、するだけのことなんでしょうな」

「グローバーアーチボルドだ」

課長はいきなり言った。

「なんです？」

ロンは言った。

「またあの森だ。今度のはもっとひどいぞ」

「なんですって？」

ロンは顎を引き、わずかに身を起こした。

「また事件ですか？」

「女の死体が、また木からぶら下げられていると通報が入った」

ロンは渋い唸り声をたてた。

「なんと……、また娼婦ですか？」

「解らんが、どうもそうではなさそうだ。堅気らしい身なりをしているという話だ。今ならまだ現場が手つかずだ。君は多分見たいだろうと思ってな、それも真っ先に」

当然だった。一挙に目が覚めた。

「場所はどのあたりです？　森の」

「ポーラ・デントンの死体が吊り下げられていた木から、北に五十ヤードといったところらしい。またブナの木だ、吊り下げられている。同様の手口だ」

「犠牲者の、名前や身元は？」

「まだ何も解らん」

「また両手を上にあげて？」

「そうだ」

「ロープで」

「ああ」

「首も？」

「それは知らん」

「前よりひどいというのは……」

「腹部を解剖されているという話だ。下腹部を大きく」

絶句した。しばらくして、また唸り声が出た。

「ぱっくり大きな穴が開いているらしい」

課長が言い、ロンは息を呑んでいた。思考が追いついていかない。目覚めた世界にこそ、悪夢が待っていた。

「わけが解らん。誰が、いったい何故こんなことをするのか。どんな理由で、こんな馬鹿げたことを続けるのか。怨念か、世間への挑戦か。それともわれわれへの挑戦なのか。君がこれに、誰もが納得できるような理由をつけてくれ」

「娼婦ではない……と」

かすれた声で、ロンはつぶやいた。静かな衝撃を受けていた。

「ああ、そういう話だが、君自身が確認するんだ」

「本当にそうなら、またやり直しだ、最初から考え直しになります」

ロンは虚脱して言った。

「そうだな」

課長は同意する。

「陰部はどうです、今度のは」

「傷つけられてはいないという話だ」

「うーん……」

また言葉が詰まる。意外だった。まったく意外だ。この愚劣な事件は、女の陰部への加虐が、一番の理由だと思っていた。それがない？　それで何故事件を起こす。いったいどうした事態だ。この事実は何を意味している——。

「陰部はきれいなものらしい、無傷だ。だが、腹には大きな穴が開けられている。そして骨盤に、何か細工がされているらしい」

「骨盤に!?」

知らず大声が出た。

「ああそうだ」

「骨盤がどうしたというんです？」

「骨盤が割られているのでは、という話だ」

「割られている？　何故です」

「さあな、解らん」

「骨盤を割るには、大変な力が必要なはずだ」

「同感だね」

「簡単には割れないでしょう、これは一番大きく、最も頑丈な骨だ。しかし、いったいなんて話だ、わけが解らない。いったい何で……」

「下腹部が少し膨れていると。まるで妊娠でもしているように」

「実際には、妊娠はないのですか？」

「詳しくはこれからだ。だが腹の膨らみは、骨盤が細工されているせいらしい」

「細工？」

「骨盤が割られ、前後ふたつのピースに分割されていて、手前のものが、前方に向かって引き出されているらしいんだ」

聞いて、たっぷり一分間、ロンは沈黙した。

「ロン、どうした、眠ってしまったか？」

課長は言った。

「いや、起きていますよ、すっかり目が覚めた」

「安心したぜ」

「こんな話を聞いて、眠れるやつはいません。どうやって引き出すんです。どうやってそれを固定する？」

「現場で調べろ」

「こんな馬鹿げた話がいったい……」

「そうだな、文明国のできごととは思えん」

「腹が膨れているというのは……」

「妊娠の話は余分だ。実際はそんな様子ではないらしい。女の腹は、横一文字に切られている、どこぞの国にあると聞く、腹切りの自殺みたいにな」

「ああ、あれはアジアだった。兵士の行う発狂自殺でしょう」

「詳しくはこれからだが、膨れているのは、その切り口より下方の腹らしい。切り口より上は、普通にへこんでいる」

「うーん……」

「段状になっている。下の恥骨の部分が、前方に向かってせり出しているんだ」

聞くほどに、常識的な発想や思考を超えたところに、現実が横たわっている印象だった。何故そんなことをするのか、凡人の自分には、感想の言葉すらない。

「目撃者には会えますか？」

ロンは訊いた。

「いや、匿名通報だ。以降、もう二度と連絡はない」

課長は言い、しばらく沈黙になった。

「お互い、度肝を抜かれるな」

課長は、ロンをいたわるような口調で言った。

「長く警察官をやってきたが、理解できない事件というものは世の中にあるらしい。こんな不可解なことをやる人間が、俺たちと同じ人類にいるとはな、驚きだ。ロン、おいどうした、言葉も出ないか？」

「理解不能です。何のためにこんなことを？　これはもう猟奇事件ではない。猟奇などというような事態も超えている。ただ……」

「ああ。ただなんだ」

「これはもう、単に娼婦への怨念などではないということです……」

いろいろな意味で、ロンは脳天に何発か食らった気分でいた。ワシントンＤＣのこの事件は、もうひとつの「切り裂きジャック」などではなかった。自分らは間違えていたのだ。娼婦、それもその恥部が対象ということで、五里霧中ながらも、背景になんとなく見当がつく心持ちがしていた。だがそれは大きな勘違いだった。そんなようなことではないらしい。

「同じ犯人だとすればだが……、だが、それは同じ人間でしょう。こんなことをする人間が、この国に何人もいるとは思われない」

ロンは言った。

　自分らは、もう気づかなくてはいけない。今回のこの不可解は、女性器への劣情を念頭に置いた、下品な性的行為などではないということだ。動機は、もっと別の場所にある。これで振り出しに逆戻りだ、ロンは暗い気分で思った。

「ウィリーにはもう俺は電話しない、君がやってくれ」

「解りました」

「検証が終わったら、みなで署に来てくれ。仮眠が必要なら署で。また八時から記者会見になる」

「記者会見ですって？」

　警戒する口調になったロンに、課長は言った。

「そうだ、記者会見だ。驚異的な新事態だ、また号外を覚悟しなくてはなるまい。どうした、何かあるのか？」

「フレディ・トラザスに？」

「あいつが広報だ。何か問題があるのか？」

「いや、解りました」

　溜め息とともに、ロンは応えた。

「では私は、もうひと眠りするぞ、ひどく疲れてるんだ」

課長は言い、電話はきれた。

ロンは、受話器を耳にあてたましばらく放心していたが、ゆるゆると起きあがってウィリーにダイヤルした。ウィリーは車で帰宅していた。起こさなくては、現場に急行できる足がない。

13

まだ真っ暗なワシントンDCを疾走する車の中で、ロンもウィリーも無言だった。眠かったこともあるが、口を開けば悪態の言葉が飛び出しそうだったからだ。かといって真剣に事態を論じようとすれば、自身の無知を晒しそうでもある。要するに何も解らないのだ。犯人がこんな狼藉を続けている理由が、まるで不明だ。だから警察官として、コメントのしようがない。

この解らないは、思考が届かないというのとは違う。まるっきり、見当さえつかない。今までの見当が根こそぎひっくり返され、言葉を奪われた。つまりは、これまでの推理の方向性がまるで見当違いだったと思い知らされた。否も応もなく再スタートということになるが、ではどこから新たに出発したらよいのか、それも見当がつかない。ウィリーも同じだったろう。

「娼婦じゃないようだな、今度の犠牲者は」

ウィリーがぼそりと言った。ロンはうなずいた。うなずくだけで、声を出したくなかった。ウィリーも同じなのだろう、それ以上は言葉を発しない。窓の外をすぎていく、乏しい街灯の光が照らす街の闇のように、事件はまるで五里霧中で、暗い霧の底に沈んでいた。

すべてはブナの木の下にぶら下がっているらしい二体目の死体を見てからだが、それによって、どこから手をつけたらいいかが解るとは、ちょっと思えなかった。要するに、自信を失っていたのだ。

「やり直しだな」

ウィリーが言い、

「ああ」

無愛想に、ロンは応じた。そうしたらまた沈黙になったから、これでは具合が悪いように思って、

「八時から記者会見だそうだ」

とロンは言った。何とか扱えそうな話題を見つけた。

「フレディか」

ウィリーが小声で訊く。ロンはうなずく。これがずっと気になっていた。コメントのしようがないのはフレディも同じだ。困ることは、あの男には、現状がコメントのしようがない事態だと解らないだろうことだ。

「海千山千の記者どもの前に、またあの馬鹿を立たせるのか」

ロンが言い、するとウィリーは少し鼻で笑った。それから言う。

「こんな意味不明事件を、捜査途上の事件を、あの口から出まかせ野郎がまた説明するって？　昼食時、またでたらめの号外が山のように出るぞ。血まみれの犠牲者、殺され、下着をはぎ取られた絶世の美女ってやつだ」

「馬でも立たせたいぜ。それなら余計なことは言わない」

「あいつなら、またリンチだと言うだろうな」

ロンはうなずいた。リンチか。そう言いたい気持ちも解る。だがそもそもこれは殺人事件なのか。殺してもいないのにリンチはなかろう。だが殺人でないのなら、何故こんな破廉恥でひどい加虐を、被害者に対してやる——？

「この前の会見時から見て、解った事実が増えてはいない」

ロンは言った。

「事態はますます五里霧中なんだ。この前はまだ言うことがあった。だが今はない、何もありゃしない。これであいつがまた何か思いつきを口にすれば、われわれは三文小説の登場人物となり、東海岸中の恥さらしだ。記者の質問になんとか答えようと、あいつがあがけばあがくほど……」

ウィリーは言う。

「何も知らないことがバレるな」

「それにだ、アンソニー・メイドンは空振りだった。まずいことに俺はこの前、このバカげた会見を早く切り上げて、さっさと犯人のところに行くと大見得を切った。あれはどうなったと訊かれるだろう」

ウィリーはちらとロンを見た。気落ちがどのくらい本気か、見定めたかったのだろう。

そしてこう言った。

「気が重いことだな、ロン」

「銅像にでもなって、だんまりを決め込みたい気分だ」

「銅像にするならフレディだろう」

「ああ。あいつを箱詰めにして、倉庫に監禁したいぜ」

ロンは言う。

署のドッジを入り口脇の道に止めて、ロンとウィリーは、グローバーアーチボルドの森に入っていった。わずかに霧が出ている。犯人がこんなことをするには、具合のよい夜だったはずだ。

冷気に首をすくめ、ポーラ・デントンがぶら下げられていた木のそばを通りすぎて、森を北の方向に踏み込んでいく。すると、アレックスたちのものらしいフラッシュライトのちらつきが見えてきた。ロンとウィリーは歩速を早めた。

「アレックス！」

闇の中から、ロンは名を呼んだ。

フラッシュライトの光は複数だった。近づけば、かなり大勢だ。みな闇の中で、白い息を吐きながら作業をしている。署が、この事件を重視しはじめている証しだ。すべて科捜研の連中だった。

「ロン、遅いぞ」

アレックスの大声が、彼方の暗がりから応えてきた。

「おまえが来ないと、彼女をおろしてやることができない」

「解った。よし、詳細を見せてくれ」

ロンは言った。

「ライトで照らす。こっち側に来て立ってくれ」

アレックスは言った。

木の下に吊り下げられている女は、体つきからいって、若かった。以前のポーラ・デントンが、自称は三十八歳、見た目は四十すぎだったことと違い、二十歳そこそこに見えた。学生のようにも見える。

皮のコートを着ていた。が、それほど豪勢なものではない。やや着古した感じがあるから、母親のものでも借りてきたのだろうか。コートの下には花柄のロングスカートを穿いている。前方のコートの割れ目からそれが見えた。両親と一緒におとなしく暮らしている、結婚前の育ちのよい娘に見えた。事実そうなら、こんな事件の被害者になりそうではない。

アレックスはまず、女の頭部を照らした。今度の死体は、すっかりうつむいている。髪は栗毛だ。若さを示すようにたっぷり量があり、つややかだった。

足もとを見た。暗いが、草地に今度も血溜まりはない。

「ハーパーさん、すいませんが、ちょっと脇に寄ってください」

声がして、ロンが脇に身を引くと同時に、閃光が昼のようにあたりを照らした。女の体が鮮やかに浮きあがり、闇を背景に、空中に静止した。

科捜研の若い者が写真を撮ったのだ。ストロボの閃光は、何度か続いた。そのたび、ロンの瞼にはくっきりと残像が焼きつけられ、しばらく消えない。

「もういいだろう、さっきから充分撮った」

アレックスが言った。

「殺人課の検分中だぞ」

言われて、彼はカメラをおろした。

「マーヴィン、悪いが、君のフラッシュライトをちょっと貸してくれないか。五分でいいから」

ロンは、顔見知りのスタッフに声をかけた。

「ペンライトじゃいけませんか。ちょっと作業中なんでね」

「OK、それでいいよ」

彼は言った。

ロンは言って、受け取った。点灯し、娘の首筋に、目を近づけた。まだ若い、白い肌だった。

「ふん、今回は首にロープは巻きついてない」

ロンは、女の頸部を照らしながら言った。

「ない」

横でアレックスも言った。ロンは続ける。

「首や、その下の胸の肌に、鬱血痕、爪による引っかき傷もない。傷痕も、それによる出血の類いもない。絞殺には見えないな」

「そうだ、さらに体中に、ざっと見た限りだが、刃物による傷はない」

「では彼女も殺されていないのか？」

アレックスは首を横に振る。

「まだ解らん。解剖して、内臓も見たい。だがざっと見るところ、毒物嚥下《えんか》の痕跡は、ないように見えるな」

「また心臓マヒか」

「心臓マヒで骨盤骨折？　さあどうかな」

アレックスは続ける。

「骨盤ってやつは、簡単には割れない。人間が殴る蹴るしたくらいではな」

聞いてロンは、しばらく無言になって考えた。が、次に犠牲者の両の手首をライトで照らした。

「まず左手首を縛っている。これはポーラ・デントンの時と同じだ。左の手首を縛り終えて、それからそのロープの端をあの枝に投げて渡し、引き絞って吊りあげ、また手首で縛ってとめる。そうしておいて、そのまま横の右手首を縛ってから、またその端を上方の枝に投げて、引き絞って吊りあげる。女の体がぶら下がったら、右の手首を縛って止める……」

「ああそうだ、そんなところだ。この綱の渡り方はそうだな」

アレックスも同意する。

「前とほぼ同じ手口だな」

うなずき、ロンは言う。

「違うところは、今度のは右手で終わっているってことだ。おそらく、ロープがなくなったんだ。だから作業を終了した。それで女の頭部は、この通りがくりと前に垂れることになった。まだロープの余分があれば、それを首に巻きつけて、引いて女の顔を起こしたところだ」

アレックスは、小刻みに何度もうなずいている。

「そうだろう。今回のロープは、短かったんだ」

「ロープは同じ種類のもののようだな」

「そうだ、同じものに見える。工事現場でワーカーが使用するものだ。真新しくはない、かなり使いこんで、汚れている。これを見ろよ、これは、ペンキの痕じゃないか？」

アレックスが、ロープの一部を照らして問う。覗き込み、ロンもうなずく。

「おそらく工事現場から盗んだものではないかな。あるいは、投棄されたものをトラッシュカンから拾ってきたんだ」

「そんなところだろうな。ほかにも解ることがありそうだぞアレックス」

「なんだ？」

「この犯人は、かなりののっぽじゃないか。前のポーラ・デントンの時も思ったんだが、近くに椅子も、台もない。一人で立って、この作業を行っている。女の手首の位置がかなり高い。自分も、そうチビの方ではないが、この高い位置でロープを結ぶのはかなり骨だ。この作業が苦しくないなら、六フィート以上はありそうだな」

「うん」

アレックスも同意する。ロンは女の手首のあたりにペンライトを近づけ、肌の具合を調べる。

「肌の表面がかなり傷ついているが、怪我をさせてるってほどじゃない。最初は左手一本だけで吊ったんだが、犠牲者は二人目で手馴れている。手際よくすませて、そう時間はかけていないようだな」

「吊り下げる作業はな」

　アレックスが言った。

「うん？　どういう意味だ？」

「ロンドンの切り裂きジャック事件は、解剖マニアによる犯行だという意見があった。知っているか？　ロン」

　ロンはうなずいた。

「聞いたことはある」

「俺は懐疑的だった。あんなやり口は、解剖を経験した者の手じゃない。外科の関係者なら、あんなことはしない。それはまあ素人の解剖好きだったかもしれないが、それにしてもな、目的があって切っている者の手じゃない。目的が別にあって、それを隠蔽しようとしているのなら解るがな、わざと稚拙に見せかけようとしてな」

「ああそうか？　だが切り裂きジャックの方の講釈はいい」

「だがこの死体なら、俺も解剖マニアだとする意見に賛成してもいい。これを見てみろ」

　アレックスは吊り下がった死体の前方にしゃがみ込む。ロンも続いた。後方でウィリ

―もそうしている。

娘の腹部が鼻先に来た。黒い靴を履いた足先が、草の少し上で、ごくわずかに揺れていた。

アレックスが女のコートの前を割った。明るいグレーのセーターが見えた。その下端を、少しあげた。すると、やや光沢のある生地が見えた。ブラウスだ。これにわずかに血が染みているのが解った。だが量は多くない。

ボタンはすでにはずれている。だからアレックスは前を割って開く。すると、これもやや血で汚れた白いスリップが見えた。スリップの華奢な薄物の生地は、すでに切り裂かれていた。

「これは、最初からこのように切り裂かれていたのか？」

ロンが訊く。

「いや、俺がやった。この下には、靴下を吊り下げるための下着があったが、これもはずした。女は、実に多くの下着を付けているものだ。特に育ちのよい淑女はだ。見ろ、ここに、横一文字に切り開いた、大きな傷がある」

ロンも、そこにペンライトの光を当てた。アレックスのものと、二つの光が重なった。ぱっくりと大きく口を開ける腹部の傷口の、一部が見えた。ひどく残虐な眺めだった。

「腹の、端から端まで一直線だ。右から左に一気にやっていて、少しの迷いもない。これは、それなりによい腕とも言える。これなら、あるいは医者かもしれん」

「ちょっと待てよ」

またロンが言った。

「向かって右から左に？　そうなのか？」

「まあ、詳しくは持ち帰ってからだ。だが、そう見えるな」

「本当にそうなら、左利きだ。どうだ？」

アレックスはうなずく。そして言う。

「可能性はある」

それからロンの顔を見て言う。

「だがさかさにやったかもしれん」

「さかさに？」

「胸のあたりを跨いですわり、左から右にさあっとな」

この時ロンは、布地の一部を摑んで説明するアレックスの指先が、ゴム手袋を塡《は》めていたことに気づいた。そしてこの指先は、多少血で汚れているふうだった。ゴムが黒いので、血の付着がよく解らなかった。

「解剖か……、どうしてこんなことをしたのか」

「さあな」

アレックスは無愛想に言う。

「骨盤が細工をされていると？」

アレックスはうなずく。

「骨盤は、大きなサラダボウルのような形状をしている。底に穴の開いた大きな骨の器だ。それがこう、手前を下にして傾いている。彼女の場合、その左右がカットされているんだ。右が一ヶ所、左で一ヶ所だ。そして、前方のピースが、手前に向かってせり出している。だから、見て解るだろう、女の下腹が膨らんでいる」

アレックスは、下腹にフラッシュライトの光を当てながら説明する。

「ちょっと待てアレックス」

ロンがまた言った。

「当然、質問はあるだろうな」

あきらめたように、アレックスは言う。

「山積だ。カットと言ったな。そして、さっきは骨盤骨折だと」

アレックスはうなずく。

「言った」

「まずカットとはどういうことだ？　カットだって？」

アレックスは目を伏せて言いだす。経験豊かな男も、強い衝撃を受けているというふうだ。ひとつ舌打ちをしてから言う。

「俺自身、信じがたいことだ。だがカットだ、そう言うほかはない」

「どうやって？　どうやってカットする」

「細身のノコギリを使って切っている。向かって左側だ」

「ノコギリだと⁉」

ロンは大声を出す。

「そうだロン、ノコギリだ。こいつは間違いない。こんな大きな骨を切るには、それ以外に方法はないんだ」

聞いてロンは、渋い唸り声をたてた。

「腹を大きく割って、それからしっかり開いて、ノコギリの先端をこう挿し込み、苦労して挽いて、切断している」

ロンは、闇の中で目を見張った。

「なんと。骨をか？」

「そう。骨をだ」

「おお神よ……」

いつぞや売春酒場のジミー・クレッツァーがつぶやいた言葉が、知らずロンも口から出ていた。

「いったい何のために……」

「犯人を捕まえて訊くことだな。その質問に答えられる者は、世界中に犯人だけだ。俺たち常識人には、見当だってつかない」

「こいつ、狂人か？」

「ま、そう主張する人間がいても、俺は反対しない」

「向かって右側はどうなんだ？　ここも切れているんだろう？」

「割れている。それとも砕けている。だから骨折と言った」

「右は割れていて、左はノコギリで切っている……」

「そういうことだ」

アレックスはうなずく。

「ともかく骨盤を二つに割って、そして手前側をこっちに向かって引き出していると、そういうことだな？」

「ああロン、そうだ、そういうことだ」

アレックスは言う。ロンは、語気を強めた。

「どうして引き出せる。放っておけばくっつくはずだ、そうだろう？　狭い腹の中だ。どうして引き出された位置で骨が止まる？」

「カットした割れ目に、何かが嚙まされているんだ」

「何？」

ロンは顔をしかめ、絶句した。

「スペイサーだ。何かは解らん、だが、そこに木片か何か、そんなようなものがはさまっている」

「自然にか、それともアクシデント的に何かが……」

「違う、あきらかに意図的だ。何かをはさんで、もと通りくっつかないようにされているんだ。骨盤の中心が、大きく開かれている」

ロンは暗がりで唖然とした。予想もしていなかった説明だからだ。しばらくの絶句ののち、こう訊いた。

「何かが嚙まされているって？」

「そうだロン。短く切った鉛筆かもしれん。俺はさっき、指先を挿し込んでちょっと触れたが、そんな手触りだったな」

また絶句した。ずいぶんして言う。

「鉛筆だって……？」

アレックスは無言だ。

「どうしてそんなことをする」

アレックスは、すると鼻で笑った。それから言う。

「どうして？　どうして？　何故？　何故？　か？」

ロンは無言だった。確かに、言われてみれば子供のような態度だ。それだけこの事態が、経験したこともない不可解事だということだ。

「何度も言わせるなよロン。俺に訊くな、解るわけがなかろう。知るもんか。だがな、何かの手術には似ている。その練習でもしたのか……」

「何の手術だ」

アレックスは、大きく首を左右に振った。

「いや、訂正だ。こんな手術なんてない。あり得ない。母体にとって、こんなことをして、いいことなんて何ひとつない、こんな手術は考えられない」

「母体だって？」

「ああ」

アレックスは言ってから、ちょっと考えるような顔をした。

「今思わず母体と言ってしまったが……」

アレックスはしばらく暗い空を見あげた。それから視線を下げ、続ける。

「女の体の内で、骨盤というものは、いうなれば出産のための装置の一部だ。だから女の骨盤は、男より大きいくらいなんだ」

「ふうん」

「だからこんな荒療治をもしも医者がやったとすれば、それは出産のための処置になるだろうが、しかし、そのためにこんなことをするなんてな……、あり得ない。どう考えようと、医学的には何の意味もない。女を助けることになんてならない。馬鹿馬鹿しい狼藉だ。それ以外に言葉なんてないよ」

「やはり狂人か」

「ああそうだ、狂人だ」

アレックスも受けあった。

ロンは、ペンライトをマーヴィンに返した。そうしたら、

「もうおろしても？」

とマーヴィンが訊いてきた。ロンはうなずいた。それから、溜め息を吐きながら闇の中にしばらく立ち、草の上に防水布を敷くマーヴィンたちを見ていた。三人の男たちが寄ってたかり、女の手首のロープを解いている。やがて娘の体は、ゆっくりと防水布の上に横たえられた。

ふと見ると、東の空がわずかに明るくなってきている。

「ＯＫアレックス、ありがとう。そんなところだな、解説は。では、署に引き揚げるとするか」

ロンが言うと、アレックスが人差し指をぴんと立て、こう言った。

「ひとつ忘れていたぜロン」

「何だ？」

ロンは言った。

「もしかして、大事なことかもしれん、すこぶるな」

ロンはまた溜め息をつく。睡眠不足で疲れていたし、うんざりもしていた。もうすべて見た。これ以上大事なことなんてあるものかという気分だった。

「何だ？」

もう一度言った。

「パンティを穿いていない」

「何？」

「下着をつけていない、はぎ取られている。こんな真面目そうな娘だ、下着を穿かずに街を歩いていたはずはない。犯人に脱がされているんだ」

「つまり、暴行されているのか？」

ロンは訊く。アレックスは首を横に振った。

「それは解らん、帰ってからだが……」

と言い、

「しかし、ざっと見たところだが、そんなふうには見えない。陰部周辺は、男の体液等で汚れてはいない、ごく清潔なものだ」

と言った。

「ただ脱がされているだけだ」

ロンは言葉を呑んだ。では何のために？　とまた言いそうになったからだ。

ロンとウィリーは、署に着くと一直線に仮眠室に向かった。七時まで眠るためだ。アレックスはスタッフに遺体を運ばせ、解剖室に入っていった。こちらは遺体を解剖し、結果をレポートにまとめるためだ。

文書にする時間がなければ、口頭でアーロン・カラマン課長やロン、ウィリー、そして広報のフレディ・トラザスに伝えることになっている。そしてアレックスは眠り、フレディたちは起きだして、八時の記者会見に臨む。

14

ロンは七時十五分に目覚ましベルで目を覚ました。隣りのベッドで寝ていたウィリーも起き、伸びをしている。ロンはベッドを這い出て、置いていた歯ブラシで歯を磨いた。そしてシャツを着てネクタイを締めていると、ドアがノックされた。ウィリーが開くと、鼻眼鏡の奥の目を赤くしたアレックスが立っていた。

「おはよう」

二人はかすれた声で言いあった。ネクタイを締めながら、ロンもこれに加わった。

「ベッドを交代だ」

アレックスは無愛想に言った。

「疲れたぜ、レポートを書く時間がなかった。口頭と、実物で結果を伝える。紳士諸君、これがスペイサーだ」

アレックスが差し出したステンレスのシャーレの中に、短く折られた黄色い鉛筆の破片が四本、散らばって入っていた。

「触っていいか？」

ロンが訊いた。

「まあいいだろう、どうせ指紋は出ない。しかし記者連中には触らせるな。見せるだけにして、あとでこっちに戻してくれ」

「スペイサーというのは？」

ロンが訊く。

「言ったろう、ふたつに分割された骨盤の切断部分に、この短く折った鉛筆を噛ませていた。そして、骨盤がもと通りにくっついてしまわないようにしていたんだ」

ちょっといらつくようにアレックスは言う。疲れているのだ。

「こう、縦に二本ずつ噛ませてか？」

ロンが訊いた。

「そうだ。どうしてかなんて訊くなよ、俺は知らない。事実を報告するだけだ」

「ほかに解った事実は？」

「手術による出血も少ない。犯人が腹を切ったのは、彼女の死後少なくとも三十分程度の時間は経過してのちだ」

「ふむ」

「内臓には傷が加えられていない。子宮、卵巣、膀胱、どんな女性的な器官にも。そして大腸、小腸、胃という消化器官にも、肝臓、すい臓に対してもだ。傷められていたのは骨盤だけだ」

　ロンもウィリーも、むずかしい顔で沈黙した。その表情には、どうしてこんなことをしたんだろう、とまた書いてある。ロンは頭を整理しながら、ゆっくりと言う。

「犯人は、あらかじめ自分の部屋で犠牲者の腹を切り、骨盤をノコギリで切断するという手術だけをして、それから骨の切断面に折った鉛筆を挿し込み、そしてグローバーアーチボルドの現場まで運んだ……」

　アレックスはうなずく。そして言う。

「あるいは、鉛筆を差しはさむのは現場でやったかもしれん。部屋でやると、運んでいる時に鉛筆がはずれる危険がある。もしもこうして、彼女を肩に担いだのなら」

アレックスはその仕草をした。

「ノコギリで切るのも現場で、という可能性は」

「それもある。だが俺なら、それは部屋でやるな」

「どうして」

「それは言うまでもない、表は目撃の危険がある。手もとが暗いからライトも必要になる。光は、ごく小さなものでも遠くの人目を引く。消せば作業は困難だ。そしてこの季節、寒いから手がかじかむ」

「ほかに解ったことは？」

うなずき、ロンは訊いた。

「処女だ」

「何？」

「性的な経験はまだない娘だ。犯人に犯されてもいない。膣に性行為の痕跡はない」

「うーん……」

ロンとウィリーは唸った。殺人や強姦、窃盗など、人間の低級な行為と長く相対してきた者にとって、その報告は意表を衝くものだった。前の犠牲者が娼婦だったこともある。それで、どうしてこんなことをする。いったい性欲以外のどんな欲動が、こんな面倒を犯人に行わせている——。

「考えるのはあとでゆっくりやってくれ。あと俺が報告すべきは、毒殺の可能性はないこと、絞殺、刺殺の可能性もないということだ。胃の中はきれいだし、体全体にそういう傷の跡はない」

アレックスは言う。

「つまり死因は何だ？」

ロンは訊いた。

「科捜研をオールマイティと思うなよ、解剖で死因が解る確率は、いいとこ六十パーセントだ」

「殺人ではないと……？」

ウィリーがつぶやく。

「さあどうかな、現場でもうすうす解っていたが、頭がい骨が陥没骨折だ。大きく陥没している」

「撲殺か？」

「ほかにも腰部、胸部、大腿部に大きな内出血だ。つまり打撲痕だな、これは頭部にもある。骨盤の左側の骨折は、こういう事象に付随するものだ」

「体中をめった打ちにされたってのか？」

アレックスは小さくうなずく。

「その可能性も否定はできない。しかし俺なら、交通事故を疑う」

「交通事故だって⁉」

ロンとウィリーは、声をそろえて言った。

「奇妙な結果だろうな、それは解るとも。確かに辻褄は合わない。だが腰部と大腿部がまず強い衝撃を受け、骨盤が骨折、そして下半身が下から上に向けてこう、ひゅっと払われ、だから続いて頭部が自動車のどこか、多分ボンネットあたりに強く打ちつけられる、頭骨はそれで陥没骨折だ。そういう事故に遭遇した者の特徴を、被害者の体はよく示している。つまり、高速で走ってきた自動車にどんと当てられたんだ。そういう説明が、最もしっくりくるね」

「交通事故……」

ロンは茫然とつぶやく。これも、まったく予想外のことだった。

「自動車はレイプしないからな」

アレックスは真顔で言った。

「だが刃物で腹を切ったり、骨盤をノコギリで切って、鉛筆をはさんだりもしないぞ」

ロンは反論した。

「自動車はどこに行ったんだ？　運転手も」

ウィリーが問う。

「もしそうなら、逃げたということだな。轢き逃げだな」

ロンが応えた。

「起こっている結果に説明をつけるのは君らの仕事だ。だが、もしも俺が意見を求められるならだ、不可解に聞こえるかもしれんが、犯人はたまたま轢き逃げされて路上に転がる娘の体を発見した。それで拾って持ち帰り、自室で解剖した……」

「馬鹿な」

ロンが吐き出すように言った。

「どうしてだ、きわめて自然だ。俺の目にはな」

アレックスは言う。

「解剖魔が、たまたま轢き逃げの死体に遭遇した……？　そんな偶然がいったい……」

「そんなことは知らんよ、それとも解剖魔は、自分で車を運転して街をドライヴ、犠牲者の娘を物色したか？」

「その方が解るね」

ロンが言うと、アレックスは鼻で笑った。

「撲殺したいなら、俺なら自動車なんて使わない、棒きれにする。棒きれ一本で殴ればいいんだ、簡単だ」

「うーん」

二人は考え込み、沈黙した。

「自動車なんて特大の凶器を使うと、失敗する危険性が出るし、目撃者も作りやすい」

ロンはうなずく。

「それから彼女は、ハンドバッグなどは持っていなかった。多分犯人が奪った。だから名刺や、名前や住所の書かれた所持品はない」

「ポーラ・デントンのケースとは違うな」

ウィリーが言う。

「大いに違う」

アレックスは言う。

「死亡推定時刻は昨夜の十一時頃だ。胃の内容物、体温降下などから、発見時、死後五、六時間が経っていたと思われる」

ロンとウィリーは、そろってうなずいた。

「深夜、帰宅の途上で交通事故に遭ったか……」

ロンはつぶやいた。

「だが身もと不明だ」

ウィリーも言った。

「交通事故なら、目撃とか、衝撃音を聞いた者もあるかもしれんな」

ロンは言った。

「そうだな。さあいいか？　これ以上の質問がないなら出ていってくれ。俺は眠りたいんだ。十時までは起こすなよ」

アレックスは言い、せかせかと上着を脱ぎはじめている。ハンガーに通して壁にかけていたロンの上着を取り、こちらに寄越してきた。ロンは受け取り、袖を通した。

ネクタイをゆるめ、乱暴にワイシャツを脱ぐと、それらをサイドテーブルに叩きつけ、アレックスはロンが寝ていたベッドにもぐり込んだ。そして、たちまち寝息をたてはじめた。

フレディと綿密に打ち合わせる時間は、今回もなかった。ワシントン東署のロビーには、前回にも増して、記者たちがひしめいていたからだ。

ロンたちの報告が、フレディの意表を衝き、彼の頭を混乱させたことはあきらかだ。だが記者たちが今や遅しと待っているから、充分な理解をしないまま、彼は記者団の前に立たなくてはならなかった。彼の名誉のため、そのことは述べておく必要がある。

「外科医だ、あるいは、医学生だ」

壇にあがるなり、フレディがいきなりそう言ったから、ロンとウィリーは椅子から飛びあがりそうになった。

「少なくとも疑わしい、医者世界の人間がな。今度の被害者は、腹部を解剖されている。横一文字にざっくりだ。そして骨盤を、ノコギリを用いて前後ふたつのピースに切断されており、さらにこの切断面に、折られた鉛筆が四本、左右に二本ずつだ、嚙まされていた」

とたんに、記者団は爆発的にざわめいた。

「静かに！　これがそうだ、問題の鉛筆だ。今廻す、隣りから後方へ順次送ってくれ。だが手を触れるなよ、見るだけだ。これからの捜査の、大切な資料だからな。要求に違反した者は、今後ここに出入りは禁止だ」

フレディは言って、もったいぶった手つきでステンレスのシャーレを、最前列右端の記者に手渡した。

明白だ。

「前回と同じだ。犠牲者はまた両手を上にして、グローバーアーチボルドの森の、ブナの木の枝にぶら下げられていた。ロープを使ってな。ロープは、工事用のごくありふれたもので、使い古しだ。少量、白いペンキが付着していた。犯人は、工事現場かトラッシュカンから拾ってきて使ったんだろう。だから、同一の犯人による犯罪であることは明白だ。

犠牲者は若い女性だ。おそらく二十代。ハンドバッグなどは奪い去られているから、住所氏名、年齢、職業、既婚、未婚、いっさい不明だ。遺体は、ほんの数時間前に発見されたばかりだ。だから、今報告できる事実は少ない。まずはこれをよく承知して欲しい。

若い娘だ。母親のものらしい古い皮のコートを着ている。それほどおしゃれな代物ではない、デザインもやや古い。スカートは花柄だ。厚手のストッキングを穿いている。

全身に打撲痕がある。骨盤の切断箇所、二ヶ所のうちの左側は、打撲の衝撃によって割れている。つまり骨盤骨折だ。無事だった右側を、ノコギリで切って切り離しているんだ。骨盤という骨は大型で、前方に傾けたサラダボウルのようなかたちをしている。底に穴が開いたサラダボウルだ。

それから頭蓋骨が陥没骨折している。脳にも損傷がある。死因は間違いなくこれだ。

以上だ。質問がある者は手を上げて、こっちからの指名を待ってくれ」

即座に、何本も手が上がった。フレディは横柄な態度で、中の一人を指差した。

「今度も、犠牲者は娼婦ですかい」

記者は言った。するとフレディはいきなり癇癪を起こした。

「君はどこの何様だ。社名を名乗ってから人にものを訊くのが礼儀というものだろう！」

「ワシントン・クォータリーのトム……」

「君の名前なんぞはいい！　一緒に飯を食うこともなさそうだからな。質問は」

「ですから娼婦かどうかです」

「そんなこと、俺に解るわけがなかろう。とにかく女だ、若い。古い皮のコートに花柄のスカートといういでたちだ。それ以上のことが解ったら、また伝える」

手が上がっている。フレディは一人を指差す。

「今度の犠牲者は、その、前回のようなひどい狼藉は加えられていませんでしたか？」

「君らの耳は節穴か、それとも脳がキャベツか。何度言えばいい、どこの社の、何様だ」

「失礼。ＮＢＣワシントンです」

「前回のような狼藉とはなんのことだ」

「ですからその……、女性らしい場所に対しての加虐です。スカートの下の」

「加えられてはいなかった。その部分はきれいなものだった」

「レイプはどうです」

「質問は一回につきひとつにして欲しいが、まあいい、今回だけは例外とする。いいな、君は例外だぞ。されていない。そのあたりは、ごくきれいなものだった。だが、下着を脱がされている」

記者団がまたざわめく。口々に何かをわめく。

「静かに。発言は手を上げてからだ！」

フレディもわめく。何本も手が上がる。フレディは中の一人を指名する。

「ポリティコです」

「なんだと。聞いたことないな。まあいい、何だ」

「下着を脱がして、何故やらねぇんです？」

「知るか！　俺は犯人じゃない」

フレディは怒鳴った。

「じゃなんで脱がしたんです」

「その旦那は、以前リンチだって言ったぜ」

野次が飛んだ。

「リンチなんですかい」

ポリティコの記者は訊いた。フレディは威厳をもって答える。

「イタリア系のマフィアが、時にこんなやり方をする。リンチなら犯したりはしないし、体中を棒切れで叩くこともある。大きな布袋の中に犠牲者を入れて口を縛り、大勢でバットで殴り殺すなんてリンチもある」

ロビーが、恐怖の溜め息で充ちた。やがて手が上がる。

「ヘラルドです。しかしさっきは医者崩れだと」

「医者崩れがリンチに加わるんで？」

席から野次が飛ぶ。

「誰だ今のは。これから手を上げずに発言した者は、ここから出て行ってもらうぞ！」

フレディはすごんだ。そしてヘラルドの記者に向き直る。

「君の質問は何だ？」

「医者崩れがリンチに加わるんで？」

「解剖されているんだぞ。腹を横に真一文字だ。どこかの国にあるっていうハラキリみたいにな。そして中に手を入れて、骨盤が切断されている。これは手術だ、手術以外のなんだというんだ。え？　答えてみろ、何なんだこれは」

フレディは身を乗り出し、記者に迫った。

「私は答える立場にゃないです」

記者はもっともなことを言った。

「しかし、撲殺した上に手術を？　それで、それはいったい何の手術だというんです。撲殺しておいて、助けようとしたと？」

「助けようとしたのじゃあるまい」

フレディは言う。

「骨盤をふたつに切って、ではどんな目的が考えられるんです。それとも何かの病気が……」

ヘラルドの記者は言った。

「俺は医者じゃない」

フレディは言った。

「ほかに質問は」

手が上がっている。

「ワシントン・タイムズです。体中に打撲痕があるという話でしたが……」

「そうだ」

「そして頭蓋骨が陥没骨折と」

「ああそうだな」

「そして骨盤が砕けて割れている。これは交通事故ではないのですか」

記者たちがまたわずかにざわめく。それは、正解が現れたという、一種の予感めいたざわつきだった。聞いていたロンも、実のところほっとした。

「可能性はある」

フレディは言った。

「だがガラスの破片とか自動車の塗料痕、部品等が路上に散乱しているような場所は、未だ発見されていない。あくまでそういう線もあるということだ。最近は、ワシントンDC中の道の交通量が増している。そういう場所の発見は困難を極める」

「交通事故に遭った者の腹部を手術？」

「だから、その線もあるというだけだ」

フレディはうるさそうに言う。

「どういう線です？」

「助けようとしたのかもしれん」

「骨盤の、割れていない側をノコギリで切って？」

「さらに鉛筆をはさんでですかい？」

野次が飛んだ。

「誰だ今のは！」

フレディがまた癇癪を起こした。

「君らの行儀の悪さにはうんざりだ。つまみ出すぞ、名乗れ！」

フレディは壇を一歩おり、目指す人間に歩み寄ろうとした。

しかしそれは、たくさん上がった手の林の中だった。

「時間がないんだ、質問の受付をお願いします」

誰かが叫び、フレディはしぶしぶ中の一人を指名した。

「ＭＹ　ＦＯＸ　ＤＣです。そもそもこの鉛筆は、なんのためにはさんだんです？」

「だから、リンチかもしれんと言っているんだ、さっきから。リンチは見せしめのためもある。ほかの女たちの恐怖をあおるんだ」

「ほかの女たちって誰です」

「それは当然娼婦仲間だ」

「娼婦？」

「そうだ」

客席がまたざわめく。

「さっきは普通の家庭の子女のようなお話でしたが」

フレディは黙る。

「娼婦が厚手の黒のストッキングを穿きますかい？　こりゃただの防寒具だ。普通は冬でも、もっと色っぽいのを穿きますぜ、薄手の。娼婦なら」

別の手が上がる。フレディは指名する。

「ＡＢＣセヴンですが、だからレイプされていたんじゃないんですかい？　じゃないと、話に筋が通らない」

「また扇情記事を書かれてはたまらん。レイプはされていない」

フレディはぴしゃりと言った。

「隠さないでくださいよ、こいつは紳士協定だ」

「おい、そりゃこっちのセリフだ、よく言うぜ」

「下着を脱がしておいて何もしないって？　そんな男がこの世にいますかい」

「君ならやるのか？　それに男とは限らん」

「女が女の死体を木にぶら下げるって？　グローバーアーチボルドの森まで延々かついでいって？　いったいどこの怪力女です？　男に決まっているよ。私なら現場の森までかついでいって、木にぶら下げたりはしない。だがこんなリスクまで冒したのなら……」

「処女だ！」

フレディはいらついてわめいた。

「解剖した者が断言していた。処女のしるしがあったんだ」

おうー、という嘆息が一座を支配した。するとたちまち誰かがわめく。

「さっき旦那は既婚か未婚か解らねえって」

みなが首を回し、声の主を探している。声の主は、続いてまったくよけいなひと言をわめいた。

「既婚で処女って女がいるんですかい!?」

一同がどっと沸いた。だがその声で、ついにフレディの堪忍袋の緒が切れた。上着を脱ぎ、足もとに叩きつけると、並べられた椅子の真ん中をつかつかと歩いていって、野次った記者の胸ぐらを摑んだ。

「貴様、ワシントン東署をなんだと思っている。もう一度言ってみろ！」

「俺はただ訊いただけだ。広い世の中にゃ、処女の奥さんてのもいるのかもしれねぇから……」

「うるせぇ！　汚ねぇその口に、こいつをお見舞いしてやる！」

フレディは記者を殴りつけた。が、見事に空振りしてよろめいた。記者たちの全員が、椅子から立ちあがった。

ロンとウィリーは、ついに椅子から飛び出し、フレディのもとに飛んでいった。ロンが記者とフレディの間に割って入り、無理やり両者を分けたところに、ウィリーがフレディの背後から組みついて羽交い締めにし、引きずってさらに遠ざけた。

身が安全になったと見て、記者はさらにわめく。

「あんたこそこの会見をなんだと思っている。レスリングの時間じゃねぇ、記者会見だぞ。俺たちの質問に答えてくれ！」

「そうだ、そうだ！」

と声が湧く。

「あんたの言っていることは、さっきから支離滅裂だ。交通事故なのにリンチで、リンチなのに外科手術で、処女なのに娼婦なんですかい」

笑い声が湧く。

「まるでしっちゃかめっちゃかだぜ！」

ほかの者が続ける。

「これじゃあ記事なんて書けねぇよ」

みながてんでにうなずいている。

「この通り記事に書いたら、明日からうちの新聞買ってくれる者がいなくならぁ」

「俺は手を上げてからしゃべれと言ったぞ。今なんぞ言ったやつ、署を出ていけ。もう二度と来るな！」

フレディはわめいた。

「まあ、言われなくてもあんたが広報ならもう来ねぇよ。時間の無駄だ」

誰かの声がする。

「誰だ、誰だ今のやつ、名乗れ！　社名と氏名、名乗れ！　この世界で永久に飯を食えないようにしてやる！」

「おいウィリー、連れていけ。刑事部屋でも仮眠室でもいい、休ませろ」

ロンはウィリーに言った。

「それがいいそれがいい。いい夢をな広報官、お疲れのようだから。そしてもう明日の朝まで起きないでくれ。あんたこそ、広報の仕事で飯食うのは向いてねぇよ！」

記者が言い、また笑い声が湧いた。

「背広、忘れないように。奥さんに大目玉食らうぞ」

「処女の奥さんにな」

「君らも口にチャックをしろ！」

ロンは怒鳴った。

「被害者を発見したばかりで、報告できる事実は少ないんだ。ストーリーはひどくても、材料はちゃんとあったはずだ。これで記事は書けるだろう。今日はこれで解散だ、引き取ってくれ。

だが俺からも言っておくぞ。事実だ。事実だけを書いてくれ。ありもしない血だまりの上に、下着を剝ぎ取られた血まみれの美女、なんて三文小説は願いさげだ。捜査の妨害にもなる。血だまりなんてどこにもない。今回もなかった。事実だけだ、活字にしていいのは。頼むぞ」

「じゃああんたがあの壇上にあがって、われわれの質問に答えてくれ」

「今フレディが話した以上の情報は、私も持ってはいない」

ロンは言った。

「血はまるで出ていなかったんで？」

別の誰かが訊いた。

「あんたは今のとんちんかんな広報の、見張り役であそこにいたんですかい。広報官が記者に殴りかかったら留めるために。私はあんたが事情を一番よく知っていると見た。さっきのゴリラは、あんたに聞いたことをそのまま話しただけでしょう」

ロンは立ち尽くし、考えた。そうしていたら、別の記者がこう問う。

「犯人は医者崩れだと書けと？」

するとと遠くの誰かがわめく。

「あんただって困るはずだぜ」

ロンは決心した。

「よし、五分だけ相手をする」

そして壇上に向かった。するとさっそく質問が飛ぶ。

「発見した現場に、血だまりはなかったんで？」

「なかった」

壇上で振り返り、ロンは言った。

「発見した時、死後五、六時間が経っていた。裂かれた腹の部分からも、出血はほとんどなかった。犯人が被害者の腹を刃物で裂いたのも、死後三十分程度が経過してのちと思われる」

「被害者の死因は、交通事故では？」

ロンはうなずく。

「その可能性が最も高い」

「つまりこの犯人は、道でたまたま轢き殺された女性を見つけ、拾ってきて、腹を裂いて、骨盤をノコギリで切って、鉛筆を切断部にはさんで、そしてグローバーアーチボルドの森まで運んで……」

「ブナの木に吊るした、その通りだ。われわれはそう考えている」

「仲間と一緒に？　それとも単独で？」

「単独だ。その可能性が高い」

「その判断の理由は？」

「ロープの結び方だ。手首でまず縛り、枝に放り投げて渡し、垂らしてまた手首で縛り、留めている。仲間がいれば一人は死体を持ちあげていただろうから、縛り方が変わってくる。一人の縛り方だ」

「この鉛筆はどうします？」

後方の記者が言って、ステンレスのシャーレを高く掲げた。

「こっちに戻してくれ」

ロンは言った。それで記者は、ロンのところまでシャーレを、しずしずと運んできた。

「犯人は、手術をどこで？」

シャーレを受け取りながら、ロンは答える。

「決め手はないが、自室だろう。深夜の表では、手もとが暗く、目撃の危険がある。また現場の周辺には、それらしい跡はなかった」

「ではこの事件は殺人ではない？」

「われわれはそう考えている」

「前回の娼婦殺しも？」

「そうだ。あれは心臓麻痺だった」

「つまり両方とも、犯人は殺していない？」

「そうだ」

記者団が、少しざわめく。

「だが犯人は同一であり……」

「その点に疑いはない」

「そして死体損壊を行っただけと、こういうことですかい？」

「明白にそうだ。二人の女性に対し、レイプも行っていない。これは、劣情に駆られたただの下品な事件ではない。猟奇的な外観はしているがな。犯人の目的は性的なものではない」

「では何故です？　どうして起こった事件ですかい？」

「これ以上述べる気はない。根拠のない想像になる」

「交通事故なら、轢き逃げ犯は……」

「必ず見つける。そして死んだ娘さんの家族も、間もなく名乗り出るはずだ。君らがこれから書く記事によってな。娘さんは、昨夜帰宅していないんだ、両親は今頃眠れていないだろう。

轢き逃げ犯も、自首が期待できる。ただ轢いたというだけなら、こんなとんでもない猟奇犯罪の、犯人にはされたくないはずだ。

ではいいか？　これで解散だ。今述べたこれらについて、さらにまた何かが判明したら、君らに報告する」

ロンは言った。後方を振り返るが、ウィリーはまだ戻ってきていない。フレディに手こずっているのか。

15

号外が出る時刻になり、骨盤を手術された遺体で発見された娘の父親から、署に電話が入った。父親の名はフレデリック・アウステルリッツ、オーストリアからの移民で、ノースウエスト地区の劇場に勤務していた。娘の名はリズ、ジョージ・ワシントン大文学部の学生だった。

霊安室まで面通しに来てもらったが、間違いはなかった。両親は予想通りひどいショックを受けていたが、被害に遭ったリズの下にもう一人妹がいることが、多少の救いになっているようだった。母親の落ち込み方は尋常ではなかったから、それがなければ自殺でもしていたろう。

フォックスホール・ヴィレッジに住む、中流家庭の両親だった。フォックスホール・ヴィレッジは、グローバーアーチボルドの森と、ポトマック川に挟まれた一帯だ。森の西、川の東にあたる。ロンは、同じ犯人によると思われる前の犠牲者は、娼婦だったことを話した。両親は、これにも衝撃を受けた。

両親から話を聞く限りでは、リズは真面目で品行のよい娘であり、他人に恨まれるような行状はこれまでにない。むろん男性関係の乱れもないし、服装もおとなしいから、知り合いや通行人から娼婦と見違えられるはずはないという。この話からも、この事件の犯人が、娼婦狙いの意志を持っていた可能性は否定されそうだった。

学校の成績もよく、老人ホーム慰問のヴォランティア活動もしていた。その打ち合わせで、昨夜は友人の家に遅くまでいたという。その帰宅の途中で、事件に巻き込まれた。友人の家は、ジョージタウン大そばのバーリーズ・ヒランデールの町にあった。レザボアロード・ノースウエストは、グローバーアーチボルドの森を、東から西に突っ切っている。つまりバーリーズ・ヒランデールと、フォックスホール・ヴィレッジをつないでいる。リズはおそらくその道を、一人で歩いて帰ってきた。

話を聞いたロン、ウィリーはともに、両親の話に嘘はないと感じた。二人には、善良なアメリカ市民という以外の印象はなかった。むろん両親にも娘当人にも、前の犠牲者、ポーラ・デントンとのつき合いや面識はない。このような被害に遭った理由には、まるで見当がつかないと両親は言う。

夕刻近くになって、ロンが予想していた通り、轢き逃げ犯が署に出頭してきた。アーリントンの自動車整備工場に勤務する、マック・セネットというまだ二十代の痩せた男だった。アーリントンの町は、フォックスホール・ヴィレッジからはポトマック川を越えてずっと南の方角になる。整備工で、修理に入ってきた新型のクライスラーを乗り廻していて、コーナーを高速で曲がりざま、歩いていた女学生にぶつけた。怖くなってそのまま逃げたという。

マックは、リズ・アウステルリッツとの面識はない。逃亡後、現場には戻っていないから、その後彼女がどうなったかもまるで知らない。自動車のボディはへこみ、擦過痕などのダメージが少なからずあったので、隠しきれず、工場長にとがめられて出頭を決意した。ロンの予想した通り、号外の内容がひどいので、このまま逃げれば猟奇殺人の犯人にされるという恐怖もあった。

現場は、名前は知らない路地から、四十四番通りを右に曲がってすぐの地点。グローバーアーチボルド・パークのすぐ脇で、彼方には現場の森が見えていたはずだ。事故地点を問われたマックは、通り名は知らないが、地図を見せられると衝突の場所を指で示せた。四十四番通りは、グローバーアーチボルドの森がある公園の西側を、公園に沿って南北に走っている。

両親の話と重ね合わせれば、事故地点はリズにとって、自宅までもうほんの五十ヤードという場所になる。時刻は、午後の十一時頃だったとマックは証言する。

これら判明した事実を総合して、ロンとウィリーは各自の考えを話し合った。重大な新事実だから、記者会見を開く必要もあり、そうなら二人の考えを統一しておく要もある。

共通点は、解剖癖のある猟奇犯の住まいが、四十四番通りか、レザボアロードの近く、両者の周辺のどこかにあるのではないか、ということだった。何故なら、犯人はリズ・アウステルリッツの死体を、路上で偶然に発見した可能性が高い。ということは、彼はたまたま通りかかったということで、深夜十一時に通りかかったということは、犯人もまた帰宅途上であった可能性が高い。

そして若い娘を拾って担ぎ、自宅まで運んだのに誰にも見られていないというなら、それは発見地点と彼の自宅とを結ぶ線分が短いということではないか。長ければ発見される可能性が増す。四十四番通りは幹線道路ではないが、車が通らない道ではない。犯人としてもそれは解っていたはずで、そうなら拾って持ち帰る気にはならなかったろう。

今回も、犯人は娘を殺してはいない。ただ見つけた死体に、意図不明の手術を施した。すなわち猟奇的な細工をした。解剖趣味の犯人にとって、実に幸運なことに、自宅のすぐそばに、二体目の女の死体が出現したのだ。まるで部屋に持ち帰って、自由に解剖してくれとでもいうように。

犯人による発見が、午後十一時よりずっと遅いということも、考えにくかった。事故後、時間が経てば、つまりリズの死体が長時間路上にあれば、リズの死体は後続の車の運転者に発見される。四十四番通りは交通量がある、それはすぐにも起こるはずだ。何らかの偶然でたまたま車が通らなかったにしても、その場合は通行人に発見される。どちらも起こっていないということは、事故直後、猟奇犯がすぐに持ち去ったのだ。彼は事故直後に通りかかった、というよりも猟奇犯は、事故を目撃するくらいのタイミングで、現場にさしかかったのではないか。

むろん道で拾ったリズの死体を抱え、犯人が通りかかったタクシーを停めて乗せ、自宅まで運んだという可能性はある。そうならこれも、タクシーの運転者から通報が出るのではないか。記者会見を急ぎまた開き、交通事故の現場を教えて記事にさせるのがよい。そうすれば、目撃者も出るかもしれない。

ただ気になることがある。ポーラ・デントンが立って客を引いていたと思しきMストリートから、リズが事故に遭った地点までの距離が遠すぎることだ。Mストリートと四十四番通りは、ポトマック川の東に広がるワシントンDCの、東南の端と北西の端という位置関係になる。Mストリートは、南北に延びるグローバーアーチボルドの森の、南端からも遠いのだ。もしも四十四番通りが犯人の自宅に近いのなら、Mストリートは、犯人の自宅から遥かに離れた通りという話になる。猟奇犯人は、これだけの広い行動範囲をカヴァーしていたということだ。

が、これはさして問題にはならない。十一月一日、犯人はたまたまMストリートでポーラを買ったというにすぎない。それから彼女をタクシーに乗せ、レザボアロード付近の自宅まで運べばよい。この時の犯人は、Mストリートの路上でポーラの死体を見つけたわけではない、生きている彼女を見つけて買っただけだ。

交渉成立後、部屋に連れ込んでのち、ポーラの立場で言えば犯人の部屋に連れ込まれてのち、彼女は心臓麻痺を起こして死体になった。生きて、自分で歩いて来てくれたのであれば、ポーラは周囲に目立つことはないから、距離の遠さは問題ではない。

ポーラ・デントンが死体になってのち、彼女の体に犯人が施した解剖も、昨夜たまたま家のそばで死体になったリズ・アウステルリッツの体に施した解剖も、それを行ったのは双方ともに同じ場所、つまり犯人の自宅だったのではないか。そしてこれはおそらくフォックスホール・ヴィレッジの町内で、レザボアロードや、四十四番通りの付近にある、ということだ。

もしもこれでよいなら、今回の事件は、警察にとっては大きかった。犯人の居住地域が解った。犯人にとっての大きな幸運は、同時に大きな不運だった。住まいの見当を、警察に与えたのだから。

四十四番通りからなら、グローバーアーチボルドの森の発見現場もごく近い。距離にしてほんの百ヤードと少し、というところだ。深夜なら、細工を施した女の死体を担いで現場まで運ぶのも、男の体力なら造作もない。車も必要ではないし、単独で問題はない。

事件がふたつ現れて、犯人の所在に関しての方向性が絞れてきた、そう二人は話し合った。まだ動機など、猟奇的凶行の理由は解らない。しかし、所在の見当はついてきた。これはどこかの学者が言っていた、地震の探知に似ている。ある観測地点から見れば、震源地は北西の方角だった。もうひとつの観測地点からは北東の方角だ。それぞれの線分を延ばし、交差する地点が震源地だ。

だがまだ対象は広大だ。フォックスホール・ヴィレッジだろうと判明したばかりで、これは大きな町だから、民家の数も膨大になる。それらを一軒一軒、すべて訪ね歩くことはできない。やってもよいが、成功はおぼつかない。聞き込みを始めるには、何かもうひとつ、対象を絞る条件が必要だった。

その時、電話が入った。ロンもウィリーも、考えてもいなかった方角からのものだった。たまたまロンは、その時壁の時計を見た。午後四時二十分だった。

「ロン・ハーパーさん？」

と電話の声はいきなり訊いてきた。そうだとロンが応えると、

「グレゴリー・ブレイズです」

と名乗った。

「ブレイズさん……」

とロンは復唱したが、思い出せなかった。

「失礼ですが、どちらのブレイズさんです？　大変失礼ですが、当方現在むずかしい事件捜査の真っ最中で、毎日大勢の人とお会いします」

すると相手は快闊に言った。

「ああそうでしょうとも、お気遣いなく。以前にお会いした、ジョージタウン大の、女子寮の管理人です。グローバーアーチボルドの森の、最初の犠牲者の発見通報者です」

「ああ、ブレイズさん！　これは失礼しました」

思い出し、ロンは急いで言った。

「ハーパーさんに、大学内の私の住まいに、直接お訪ねいただきました。それからランチもご一緒しました」

そう言われて、すっかり思い出した。

「むろん憶えていますとも。ホットドッグを食べた。部屋ではコーヒーをごちそうにな

った、憶えていますとも。芝生に囲まれた、よいお住まいでしたね。その節は大変お世話になりました。

「今号外を見ました。本日は何か？」

「それで決意がついたんです、これはやはりお知らせする方がいいと」

「ほう」

ロンは言った。グレゴリーは言う。

「二番目の犠牲者が出たようですね、遺憾なことです。事件はどんどん大きくなる。アメリカ中の学生が興味を持っています。あの様子は、学生ではないのですか？」

「ジョージ・ワシントン大の学生です」

ロンは告げた。

「やはり！」

グレゴリーは言った。

「間もなく記者に発表するつもりではいますが、しかし明朝まではまだ伏せておいてください」

「混迷の度が深まりますね、犯人の意図が解らない」

グレゴリーは言う。

「まったく」

ロンは言った。

「うちの女子学生たちも怯えています。早く解決し、犯人が捕まってほしいものです。でなくては、学生は夜歩きができない。特に女子学生は」

「全力を尽くします」

ロンは言った。

「で？」

「興味深いものを発見したんです。是非ハーパーさんにお見せした方がよいと思いまして。あるいは私の考えすぎかもしれませんが、しかしどう考えても私には、関連があるとしか思われず……」

「どのようなものですか？」

ロンは期待せずに訊いた。事件は、急な展開を見せている。この時点で、大学の女子寮の管理人に、それら以上の発見があるとは思われなかった。

「それが……」

グレゴリーはちょっと口ごもった。

「もっと直接的なものならよかったんですが、血のついたナイフとか、衣類とかね。交通事故の跡とか、それとも連れ去られていく女の子の様子を見たとか」

そうなら確かに助かる。しかし、そうは言わずにおいた。

「どんなものです？」

「大学で出している紀要なんです」

「紀要……？」

「生物学部で発行している、まあ機関誌のようなものと言えばいいかな。でももっと学問的なものです。学術論文をまとめたものです」

「教授たちが書いたものですか？」

「いや、学生たちの書いたものが中心です。主として大学院の研究者たちですね。講師や助教や、研究者たちの研究発表のための雑誌です。ネイチャー誌や、サイエンス誌や、その手前の学内での発表よりもさらに手前の、同僚や、学生たちに向けた発表の媒体ですね」

「ほう、それが？」

意外なものだった。まるで考えてもいなかった方角だ。大学内の機関誌とは。

「以前にうちの大学でお会いして、お別れする際に、学生たちの書く論文にも注意しておくと申し上げました」

グレゴリーが言い、ロンはすっかり忘れていたのだが、急いでこう言った。

「おう、むろんそうです。些細なことに、重大なヒントが隠れていることがあります」

「それで、私はそうしていました。いろいろなものに注意していました。大学内のいろんなものを見て、多くを読み、目を通しました」

「それはありがたい。大事なことです」

「そうしたら私、奇妙なものを見つけたんです、学内で出ている印刷物に。生物学部のものなんですが……」

「それは、女性の体に関しての考察ですか？」

ロンは訊く。もしもそうなら重大だ。

「いや、そうではなく……」

グレゴリーは申し訳なさそうに言う。

「恐竜に関する考察なんです」

「恐竜？」

ロンは言い、絶句した。続いて笑いそうになった。いったいどういう冗談かと考えた。

「恐竜ですか。あの大昔に生きていたという、体の大きな……」

「はい、博物館にいるその恐竜です、主として。でも、惑星についても書かれていますよ」

グレゴリーは少しも笑わず、言う。ロンは溜め息をついた。

「惑星ね。それが今回の事件に何か関連が？」

「ですから、私の考えすぎかもしれないのですが……」

そう思いますね、とロンは言いそうになったが、言葉を呑んだ。

「ともかく、読んでみて欲しいんです。お持ちしてもいいのですが、私は今からしばらく仕事で、学内を離れられません。こちらにいらしていただけると、私としては大変ありがたいのですが」

遠慮がちに、グレゴリーは言う。

「はあ」

ロンは正直なところ、気乗りがしなかった。恐竜の論文などに、事件に関連した重大事がひそむとは思えなかった。

「お忙しいんでしょうね」

不安げに、グレゴリーは問うてくる。

「今から記者会見なんです」

ロンは言った。

「明日の朝刊用のね、しかしうちの広報は、ワシントン東署始まって以来最低の男で、代わりに誰を立てるかを今思案中でして、頭が痛いんです」

これは本当のことだった。今から課長やウィリーと、その相談をしたかった。だから恐竜の論文など、できれば取りにいきたくはない。恐竜にも星にも興味はないのだ。自分は殺人課の刑事だ。

「ほかのことならこんな電話はしません。是非読んでいただきたいんです」

しかしグレゴリーは言いつのる。

「考えようによっては、大変に重要な内容なんです」

それでロンは、次第に心を決めていった。女子寮の管理人は、おそらくベストを尽くしたのだ。それはおそらく、彼の勤務する大学の、女子学生たちの身の安全を思ってのことだ。

「あー、少し時間がかかります」

思案しながらロンは言った。内心ではまだ迷っていたが、次第に、たとえたいした重要物でなくとも、断るのは申し訳がなかろうという思いが勝った。

「記者会見と、すべての用事をすませてからならうかがえます。おそらく、三時間後にはそちらに着けるでしょう。夜になりますが、それでもよいでしょうか？」

と訊いた。

「いいですとも」

グレゴリーは明るい声になって応えた。

「ずっと部屋でお待ちしていますよ」

それでロンは、ではのちほどと言って、電話をきった。

するとウィリーが、誰だと訊いてきた。ジョージタウン大のグレゴリー・ブレイズだと言ったら、女子寮の管理人が何だってと訊く。

恐竜が――、と説明しかけたが、とても理解しないだろうと思って、また今度な、と言った。今は記者会見のことだ、誰に説明させる、と訊いたら、フレディ以外なら誰でもよかろう、とウィリーも言った。

第二章　重力論文

1

生物学、とりわけ自分が専門とする古生物学は、虚偽と誤り、見落としや怠惰に充ち充ちている。実際のところこの学問は、いまだ背骨さえ未完成であり、未分化であり、自身の境界も心得ず、ふらふらと、夢遊病者のごとき手探り歩行を続けている。項目分けがまるで大雑把で、前例への無思慮な依存や踏襲が目立ち、さらには前進的であろうとする気概が感じられない。

私は今、アイザック・ニュートンのあの言葉を感じている。

「誰にも見つけられていない真実が、大海原のように、私の前に広がっている」

一九三〇年代現在、古生物学には学問としての深みや、前進に必要な才気があきらかに不足している。穏健に述べれば、それらは今後の研究者たちの努力を待ち、発展を期待するのが筋なのであろうが、このままの様子ではこの学問は、中学校の教科書程度の貧弱な内容を更新できず、他の学問と肩を並べられないままだろう。これはあきらかに、研究者たちの怠惰に帰すべき問題である。

一般的な生物学ならば、博物学の手法を採り、現状の徹底観察と、生物のリスト作り的作業でこと足りるが、古生物学の場合それでは不充分で、この学問の追究は、生物学や医学の探究とは発想を異にすると気づくべきである。何故なら生物学や医学は現在の状況ひとつが相手であるが、古生物学の場合、対象とする生物たちの生きた時間が極端に長く、それは地球という星の時間に匹敵し、その間に彼らの生存の舞台たる地球自体が大きく変化、変遷を続けて別物になっているからである。

観測対象とする生物を乗せる舞台のありようが絶えず、そして長大な時間の果てに別物というほどに大きく変貌しているのに、わずかな骨の化石を土の中から掘り出して肉付けし、地上に立つ姿を想像して絵を描いてこと足れりとするのは怠慢である。生物の態様とは、激変する生存環境に合わせて誕生し、身を変えることで進化という妥協を、一刻の休みもなく続ける存在であるからだ。追究者はその変遷の理由をこそ、解明しなくてはならない。そこにこの学問の核が存在する。

そうなら生命史は、地質学や天文学と歩調を合わせ、これら外部の学問が獲得した最新の成果を、逐一採り入れながら考えを起こすべきであり、極論すれば古生物学とは、天文学や地球物理学、地質学の一部と言っても言いすぎではない。ある惑星の環境を最も雄弁に語るものは、その上で長く暮らす生命であるからだ。また逆に、異種生命の観察こそは天文学の最重要の部分、と言うこともできよう。

地球も火星とすっかり同様に、独自的環境を持つ一惑星であり、他天体の生命にとってはその環境は危険なものである。探求者が、二億三千万年の昔に暮らした地球上の生物の姿を探ろうとするなら、その探求は、火星上に生きる生命の生態を探るのと同じことである。この時生物学者は、天文学者と協力しなくてはならないはずだ。

火星の砂漠に生きる生物は、火星という惑星の独自的な環境に体を合わせて存在している。現在は失っているが、この星も数十億年の昔には、海と渚と薄い酸素を持っていた可能性が高い。現在もまだ生き延びている生物がいるなら、彼らは変遷と喪失という過酷な歴史のうちで、妥協的に体を変え、生存しているということだ。同様に二億三千万年前の地球上は、今日のわれわれが考える以上に宇宙的で、現在の地上とはかけ離れているかもしれない。その違い方は、他惑星の地上のように、何から何まで今日の地球とは別物であるかもしれない。

そういう場所に生きる生物の姿が異様であるのは当然である。それを謎と言いたいなら、その謎を解くキーは、今日の地球環境とのかけ離れ方、そのものの内部に存在するはずである。差異とその理由を正しく知れば、古生物の姿は謎などではなく、唯一無二の自然な帰結と了解ができるかもしれない。学問の仕事とはそれで、しかしこうした当然至極の指摘が、かつて古生物学の内部に現れたことはない。これは常識に縛られた、初歩的にして驚くべき見落としと言わなくてはならない。

地球の生物が、進化の過程を進めて藍藻《らんそう》から高等生物の時代に入り、爬虫類、哺乳類、両生類がもつれ合う中生代に入って以降も、生命の歴史はおよそ二億三千万年という途方もない長さを持っている。三畳紀、ジュラ紀、白亜紀と進むいわゆる恐竜の時代だけを取り出しても、およそ一億六千万年間続いている。これに較べればわれわれ人類の時代は、共通の祖先からチンパンジーと枝分かれしたのはわずかに数百万年前と思われる。

ホモサピエンスが現れ、農耕と同時に起こった組織戦争の時代と、これを緩和するための宗教祭祀遺跡の時代が始まるのは、せいぜい一万二千年の昔。文字や記号を得て、自らの歴史を語れるようになるのはせいぜい四、五千年の過去からで、地上の生命体全体の歴史から見れば、こうした人類の知性の時代は、ほんの瞬きの時間にすぎない。

われわれ人類に限るなら、その進化の時間の極端な短さゆえに、宇宙の劇的な躍動と無縁でいられた可能性はある。しかしその何万倍もの長さを持つ地上の生命全体の歴史が、天文学的事件と無縁でいられた確率はゼロである。試しに対象を恐竜時代のみに絞ってみても、中生代以降、二億三千万年という途方もない距離の時間軸において、地球上の生命が宇宙の営みから深刻な影響を受ける確率は百パーセントである。古生物学の最重要の部分は、こうした天文学的情報の深部に潜む。

広大な宇宙は、衝突に充ち充ちている。そのスタート以降の宇宙の歴史とは、さまざまな種類の衝突の歴史である。宇宙における最重要のファクターは重力である。重力こそが空間をゆがめ、時間をゆがめ、光をも閉じ込める。そして小岩石同士の衝突から、大銀河系同士の衝突、宇宙の蟻地獄を作りだす中性子星同士の深刻な衝突まで、宇宙の物体はすべて重力と、その影響圏を持つ。

宇宙のすべての星々は、大なり小なりその重力によって引っ張り合っており、その影響力が高まりを許された瞬間、ついに衝突コースを作りだす。広大な空間があるから星同士の正面衝突はまれだが、どんな物体も宇宙空間では自身の引力を持ち、その引力圏と、影響を与える限界点を持つ。

このポイントに、たまたま他の物体が移動してきて位置すれば、たちまちの衝突は起こさなくとも、相手の進路に影響を与える。多く軌道を変える程度だが、場合によっては自分を周回させる遠大な楕円軌道に乗せてしまう。この場合、その軌道の多くは何年から何百年という時間を経て自分に落下させる、ゆるやかな衝突コースである。

　地球に衝突する小惑星の多くは、火星と木星との間にあるリング状の小惑星群からやってくる。この星々は単に岩石のかけらで、おのおのは小さく、小惑星群のすべてを合わせても、月の体積の半分程度にしかならない。しかしライフル銃の弾丸の十倍ものスピードで向かってくれば、どの惑星にとっても常に天変地異的な脅威となる。

　小惑星群を構成する岩石のかけらも、他の惑星と同じく太陽の周囲を公転しているが、その軌道は各自で微妙に異なる。したがって互いの距離はたっぷり開いているのに、時に衝突して相手を公転軌道からはじき出す。そういうものの進行の方向がたまたま悪ければ、地球の公転軌道に交差して地球生物の脅威となる。

　太陽系の各惑星のうち、最も特筆すべきは金星である。太陽から二番目に近いこの星は、驚くべき特徴を持っている。金星を除く太陽系の各惑星は、太陽も含めてすべて同一の方向に自転しているが、金星だけは自転の方向が逆になっている。この謎は、長い間天文学者たちを悩ませてきた。

　これは金星がこうむった小惑星衝突があまりに大規模であったため、こうなってしまったと、私は思っている。遠い過去、金星にぶつかってきた小惑星が桁外れに大きく、しかもぶつかってきた角度がやや浅く、自転の向きと反対方向であったため、衝突は金星の自転を止めたうえに、逆方向の回転を与えてしまったと考えられる。

途方もない想像であるが、事態を説明する理屈はこれ以外にない。星同士の衝突とは、これほどに強い影響を惑星に与える。衝突の衝撃で惑星は自転軸の角度を簡単に変え、極点を移動し、さらには回転の方向までも変えてしまう。しかし、粉々に砕け散って小惑星群になるよりはましである。宇宙とは、こういうダイナミックな躍動を、絶えず行っている世界である。

ある天文学者の説によれば、われわれの地球も、実は誕生以来、大小無数の小惑星の衝突を受け続けている。直径二百キロメートル以上の中規模の小惑星に限ってみても、地球は三十回から四十回の衝突を受け、直径五百キロメートル以上という大規模の天体に限っても、少なくとも五回は衝突を受けているという。

言葉で言えばそれほど深刻には聞こえないが、この規模になれば、そのたび地球は存在が脅かされるほどの打撃を受けたはずである。そのうちの少なくとも一度は、地球が砕け、一部が宇宙空間に飛び出して衛星軌道を周回しはじめ、周囲のかけらや塵《ちり》を引き寄せ、集合させて月になった。

この時地球に衝突した遊星は、おおよそ火星ほどの大きさで、太陽系外からやってきて太陽の引力圏に入り、進路をゆるやかな太陽周回の軌道に変えて、それがたまたま地球との衝突コースに移行したケースである。この時、もしも地球上に生命体が存在したなら当然全滅したであろうし、地球が冷えて落ちつくのを待ってから、生命発生の原点から進化の過程を再スタートしたはずである。

直径が百メートル規模の岩石落下なら、地球は数え切れないほどの損害をこうむり続けている。ある地質学者の調査によれば、最も近年の大隕石《いんせき》落下は、一九〇八年にロシアのシベリアで起こったツングースカ森林火災と呼ばれるもので、これは直径九十メートルほどの岩石が落下してきて、シベリアの森林に大爆発と火災を起こした。たまたま住民のいない地区であったからことなきを得たが、もしも都市部に落下していたら、その町の市民を全滅させていた。

この規模の隕石落下は、だいたい百年に一度のペースで起こっている。幸いなことに地表の七割は海だから、大半の大型隕石は海に落ちている。大陸に落下しても、多くは人間のいない山野に落ちた。しかし今日、そういう場所は少なくなってきているので、将来深刻な事態の発生が懸念されている。

小型隕石の落下はほぼ毎日起こり、大半は大気との摩擦で燃え尽きて地上に届くことはないが、年に数回、自動車くらいの大きさの岩石が地球の大気圏に突入してきている。燃えきらなかった一部は、隕石として地上に落下する。

そしておよそ一億年に一度、直径十キロメートル規模の小惑星が地球に衝突していると思われる。落下がその規模になれば、地上はそのたび天変地異に見舞われる。落下地点を中心に大火災が起こり、大規模な灼熱地獄が出現して、衝突の衝撃で成層圏から宇宙にまで跳ね上がった地表のかけらが、時間差をおいて落下し、炎の海になった地上に降り注ぐ。

火災と高温により、落下地点を中心に広域の植物が死滅するから、地球の酸素は減少し、大気成分の構成が変わって、生命体は壊滅的な打撃を受ける。次第に温度が下がって地表が落ち着いても、隕石衝突で舞いあがった粉塵が地球の大気を覆って陽光をさえぎるから、地上は適温を通り越して一転冷えていき、氷河時代が訪れる。このようにして地上の生命は全滅し、そのたび生命発生からのプロセスを再起動した過去が、地球には何回かあると思われる。

しかしこうした災害の頻度は、地球の場合、むしろ奇跡的な幸運に属するという。太陽系以外のどこかの惑星に、たとえ地球に似て生命存在の条件が整っていたにしても、先述したように、こうした小惑星の攻撃に頻度高くさらされるから、藍藻か、せいぜい両生類の段階で生物は絶滅となり、生命発生の原点からたびたびやり直すことになって、人類のような高等生物の段階にまでは届かないというのが、一部の天文学者たちの考えである。太陽系の地球は、小惑星による衝突攻撃の頻度が異様に低いため、ついにホモサピエンスの登場が可能となった、長い平穏な進化の時間が得られたのだという。

この幸運の理由のひとつとして、地球の外側、比較的太陽と近い位置に、木星という強力な引力圏を持つ大型惑星が存在することが大きい。木星の引力圏は、この星の周囲四億キロメートルに及ぶ。この大惑星が、自分の引力圏に入ってきた遊星に干渉して軌道を変え、太陽系外にはじき飛ばすか、自身に落下させる。

侵入遊星は、木星の引力圏外を通過しても、太陽の引力に影響され、長大な楕円軌道を周回するようになることも多く、そうなら何度か太陽に近づくから、太陽系の比較的内部に位置するこの大惑星の引力圏にとらえられる確率は決して低くない。

木星の引力圏が傘となり、小惑星群から公転軌道をはずれて地球に向かった小惑星や、太陽系外から侵入してきた遊星を引き受けてくれる確率が存在して、地球に落下する小惑星の頻度を下げている。もしも木星が存在していなければ、地球は五十年に一度という高頻度で大小の小惑星の衝突落下を受け続け、生物の高知性化は起こり得なかった。

2

恐竜という古生物の、理論上の不存在について述べる。化石として骨格が掘り出される彼らの大半は幻で、この地球上には実在し得ない。

　地球という太陽系第三惑星は、かつて恐竜の星であった。恐竜は、二億三千万年の昔から、六千五百万年前までの約一億六千五百万年の間、現在われわれホモサピエンスが暮らしている同じ地球上において、王者であったというのが、現在の学者たちの乏しい研究で顕在化している。しかし私の考えでは、この常識はあらゆる角度から否定される。

　一億六千万年間という長い恐竜の時代は、中生代と呼ばれる。中生代は、三畳紀、ジュラ紀、白亜紀と、三つの時代に細分化される。

　最初の三畳紀において、恐竜は決して王者ではなかった。体は小さく、せいぜい現在の大型犬程度の大きさで、スリムな体形であった。鰐類の特徴を備えた爬虫類が、当時は最も体が大きく、戦闘力があった。頭部が大きく、顔面の筋肉も発達していたので、嚙む力も大きく、ゆえに生命力もあった。したがってこの鰐型爬虫類が、この時代はほぼ王者であったと考えられる。その他の生物は、大なり小なりこの生物を怖れていた。

　現在、恐竜は爬虫類と考えられ、鰐類と区別されないが、これは完全な誤りである。恐竜と爬虫類とは、その特徴をまったく異にする。とりわけ歩行などの基本的な行動様式が異なる。遠くない将来、恐竜と爬虫類とは、必ず別種の生物に分類されるであろう。

この時代、同時に哺乳類の祖先と考えられる動物もおり、それなりに体も大きかった。ゆえにこの三種の生物が闘争し合う時代であったと考えられるが、当時最も戦闘力があったのは先述の通り、嚙み砕く力の強い鰐類であった。しかし、将来性はあきらかに恐竜に分があった。

その理由は後足にある。爬虫類、哺乳類は、双方ともに後足が骨盤から斜め横、下方に向かって突き出しており、短く、したがって四足歩行をして、体をよじる動きに頼らなくては素早い前進ができなかった。四本の足の短さゆえに、腹部も地面から大きくは離れず、しばしば接したままなので、移動の速度は這うことと大差がなかった。足が短いから駈けだすこともままならず、獲物の獲得時、これは大きな障害になった。

一方恐竜は、後足が骨盤から地面に向かって垂直方向に突き出していて、長く、今日のわれわれのように、前かがみながらも直立二足歩行ができた。骨格の化石からこれが推察できる。恐竜も最初期は四足歩行をしていたと考えられるが、現時点ではこの点ははっきりしない。

二足歩行の場合、体をよじる動作の助けもいらず、速やかな前進ができる。必要ならニワトリ式に駈けだすこともできるし、研究者たちの誰一人夢想もしないが、両足をそろえてのカンガルー・ジャンプの可能性も生じる。のちのジュラ紀になると、四足歩行の大型草食竜も現れるが、現在までに見つかっている化石から判断する限りでは、三畳紀の小型恐竜は、したがって直立歩行竜といえる。

移動の速度が速いことは、食料とする生物の大半に追いつけることを意味し、肉食生活も可能となり、獲物を追う競走においてライヴァルたちを圧倒できる。爬虫類や哺乳類との闘争の際も、動きの機敏さは圧倒的な優位につながるから、三者共存の時代は次第に終焉して、恐竜優位の時代にと移っていった。

そして時代がジュラ紀に入り、恐竜たちは全盛期を迎えることになる。これは同時に、恐竜という古生物たちによる不可解なミステリーの始まりである。

恐竜最大のミステリーは、なんといってもその巨大化にある。ジュラ紀に入り、巨大な四足歩行の草食恐竜が出現する。ジュラ紀後期に姿を現すアパトサウルスと称される巨大恐竜は、全長が三十三メートル、体重は推定四十トン、首の長さだけで十三メートルに及ぶことが、発見され、組みあげられた化石の骨格から、疑いようがない。

巨大恐竜は、二本の脚部のみではその体重を支えきれないので、初期的な爬虫類の形態、四足歩行に戻っている。ただし、後足は骨盤から直角に出て、地面に向かって垂直に伸びている。

この巨大恐竜の存在は幻である。生物学の常識を動員し、どの角度から検討しても、これほどに巨大な地上生物は、地球上に存在し、生き延びていくことはできない。ゆえに現在、同種の巨大動物は、ただの一頭も存在していない。可能ならば、現在もいてよい。いないのは、生存が無理だからである。恐竜なみの巨体を持つ動物は、足でその体重を支えなくともよい、水中生活のクジラだけだ。

現在、われわれの世界に生息している大型動物として象があげられるが、彼らの子供が脚部を骨折して動けなくなり、長く地面に横たわることになれば、早ければ一日で死亡する。持ってもせいぜい三日である。それは、彼の体内の内臓群が折り重なって心臓にのしかかり、その重さで動きを止めるためだ。同時に、まだ完全な強度を得ていない子象の肋骨等、各部の骨を圧迫骨折させる。

自身の体重とはそれほどに危険なものである。だから現在、陸上には象以上の重量を持つ生物は存在しない。大重量と引き合うだけの生存上のメリットが存在しないからだ。ジュラ紀、草食の巨大竜は、同じ地上で何故あれほどに大きな体を持つ必要があったのか。そのメリットはいったい何であったか。

象の体重は、成象でだいたい五、六トンである。ジュラ紀の巨大竜は四十トンにも及ぶから、横たわった際の危険は象以上になる。沼地や湿地帯に入れば、その体重によって体が深く沈み込んで、身動きがとれなくなる危険もある。

胴体部の太さ、巨大さに比して、アパトサウルスの脚部の太さはあきらかに不充分である。巨大竜の胴体の重量は、乗客がびっしり乗った地下鉄一両に匹敵する。水平に長く伸びた頸部の動きは、その負担を頻繁に大きくする。よほど頑丈でなくては、四本の脚部だけでは支えきれない。

化石から類推する限り、アパトサウルスの足は骨も筋肉も太さが不充分で、このバランスでは長い寿命の間、超重量の胴体を日々運びつづけ、頸部の不用意な動きも支えつづけて、脚部の関節が持たなくなる危険がある。リン酸カルシウム製の関節が砕けたり、骨折の危険もある。ゆえに壮年期でさえ、瀕死の象のように、用心したゆるゆる前進がやっとであったろう。老化が進めば、たちまち動けなくなり、頸が持ちあげられなくなって、食事ができなくなる。

このバランスでは、巨大恐竜はしゃがむことが苦手と考えられる。少なくとも、頻繁なしゃがみ込みや立ちあがりは無理に思われる。夜間、どのような姿勢で眠ったかも不明である。長い首はまっすぐに伸ばしたまま眠ったか、それとも丸くたたんで眠ったか。

この時代も、アロサウルスという獰猛な肉食恐竜がいた。就眠中の肉食恐竜襲来時、とっさに跳ね起き、現在の象程度の素早い迎撃態勢をとることができたか。

もしそうできなければ、地上に伸びた長い頸部は、さしたる筋肉も持たず、就眠中は致命的な弱点になる。鈍重な巨大恐竜は、俊敏な小型肉食竜たちの日常的な餌食になったはずだ。巨大草食竜には、肉食恐竜が持つような強靱な歯もなく、敵の骨を嚙み砕く顔面筋の力もない。効果的な反撃の手段を持っていたとは思われない。

さらには、巨大恐竜がもしも象のように横たわる姿勢で眠ったら、圧倒的重量の内臓の圧迫で心臓が危険であるし、朝起きて、もとの姿勢に復することは容易ではなさそうだ。四足であるから、自由に動く両手はない。頸部で地面を押し、頸部で支えて身を起こす以外にないが、この細さでは、それもいささかむずかしく思える。

巨大恐竜は卵生なので、しゃがみ込むことがむずかしいなら、卵を産み落とす時、メスはどのような体勢をとったのか。もしも四足で立ったままの姿勢で産卵したなら、卵はかなりの距離を落下することになり、地面に衝突して割れるなどのダメージが考えられる。

現在地球上に生息している動物群を見れば解ることだが、四つの足が華奢なものは、例外なく胴体がスリムにできている。象のように胴体が太いものは、これに比例して四本の足も太くなるが、巨大恐竜なみの胴体を持つ動物になれば、脚部は現在の想像画に見るものの五倍もの太さと筋肉が、生き延びるために必要となろう。細い頸部もまた同様である。

今日の動物世界において、老化による運動能力の低下は、そのまま死の危険を意味する。現在の猛獣も、二十年間生きるものはまれであるが、述べたような事情から、ジュラ紀の巨大草食恐竜の寿命が、長かったとは思われない。無防備の睡眠時にしばしば頸部を狙われ、多くが寿命の中途で命を落としたと考えられるから、鈍重な巨大恐竜のグループは、早々に滅んだとみるのが妥当だ。

ところが彼らは百年も生きたことが、化石となった骨格の年輪分析から推定されている。二百年間生きたとする研究もある。そして巨大恐竜の時代は、中生代のうちの数千万年間を占める。いったい何故、彼らにはこういうことが許されたのか。

十三メートルもの細い首は、立ち並ぶ林の幹の間から、森の深部にまで頭部を挿し入れ、食べにくい位置の葉を食べるためのものと説明される。彼らは毎日五百キログラムもの葉を食べて生活していた。そうなら彼らの首は、絶えず口から入ってくる咀嚼された大量の葉を、胃までの十数メートルの距離、一日中水平方向に送りつづけたわけだが、これにどのような方法を用いるか。内部に缶詰工場用のベルトコンベアでも備わっていない限り、物理的に不可能である。

アパトサウルスのような巨大な動物が、酸素呼吸によってエネルギーを得ていくためには、絶えず大量の酸素が必要となる。アパトサウルスの重い巨体は、生存にはきわめて不利で、生態常識的に、ほぼ存在し得ない。細く長い頸部という筒を介することで吸入する酸素は、その量が大きな制約を受ける。巨大恐竜の肺に届く酸素の量は決して多くはなかったはずで、この量の酸素で、これだけの巨体を維持していくのは、非常にむずかしかったと考えられる。

さらに、中生代最大の謎として、当時の地球が、極端な低酸素の時代であったという研究報告がある。恐竜時代が始まる直前、シベリアのほぼ全域で、地球史上最大級の大規模火山噴火があり、ユーラシア大陸の植物の大半が燃え、消滅した。ゆえに植物による酸素放出量が極端に減り、地球上の酸素濃度は、その以前や現在の量と比較して、三分の一程度にまで急降下した可能性が高い。以降地球の低酸素時代は長く続き、ほぼ中生代全体を覆ったとみなされている。

もしもこれが事実なら、アパトサウルスの肺に届く酸素の量はさらに減少し、巨大恐竜の生存は不可能と言ってさしつかえのない条件下に陥る。ところが現実には、低酸素の時代を導いたこの大事件の直後から恐竜の時代は始まり、ゆっくりと、生態常識的にはあり得ないほどの超巨大化に向かうのである。常識に反したこの出来事は、不可解な謎と言うほかはなく、地球という星が作りだした幻である。巨大恐竜を含めた恐竜類は、強力な特殊呼吸能力を持っていたとする主張も最近現れているが、それでもこの巨体にこの低酸素量は、生命維持をきわめてむずかしくしたと考えられる。

大重量の巨大恐竜の最も不可解な点は、十三メートルもの長さを持つ首、それ自体にある。これだけで象一頭分の重量物である頸部を、最大級に重さが増す水平方向に伸ばしたまま、終日葉を食べ、移動し、就寝し、起床したと仮定するなら、背や肩の筋肉が支えきれない。

長い尻尾もまた、終日ぴんと水平方向に伸ばし、前方の頸部とのバランスをとったとされるが、これも力学的に可能とは思われない。関節のない、一枚の鉄板のような強度の骨が、頭部から尻尾の先までを貫いていれば別であるが、そうでなく、これらを生涯背筋が支え続けたとすれば、生物の筋肉の能力を超える。

橋脚設計者の証言によれば、きわめて長い頸部を前方に水平に突き出し、後方には長い尻尾をこれも水平に突き出す、というような大型構造体を、百年以上も崩落させずに維持したいなら、前足部分と後ろ足部分に、高々と垂直のタワーを立て、この頂上からワイヤーを延ばして頸部の先端と尻尾の先端を吊るという、吊り橋構造にしなくては持たないという。骨という構造体の破砕も心配である。

医学界からも、十三メートルもの長さの首を終日水平方向に伸ばし、この姿勢を二百年間安定して支えられる筋肉は、自然界には存在しないとする証言がある。アパトサウルスの筋肉が奇跡的に良質で強力であったにせよ、こうした無理な姿勢が保てるのは壮年期のせいぜい十年間程度であり、気力、体力が衰えればへばってしまって、首も尻尾も上がらなくなる可能性が高いとする。むろん骨という中核材料、とりわけその連結部分が受けるダメージも心配である。

おそらくこのような事情もあり、現在世に出廻っている巨大竜の生態を描く想像画は、すべて間違いを犯している。想像図の多くは、アパトサウルスを陸上で生活させるのは無理と見て、水中恐竜として描いている。首を潜望鏡のように上方に伸ばし、頭部だけを水上に出して、海底を歩いている姿が大量に描かれている。

これは水中に暮らした首長竜との混同であり、現在唯一生息する巨大動物、クジラからの連想と思われるが、誤りである。アパトサウルスはめったに水中に入ることはしないし、まして水中を自在に泳ぐ能力は持っていない。また彼らは魚やプランクトンは食べず、生活の舞台は陸上で、食料は木々の葉のみである。

現在は学者たちも混同しているが、鰐類と恐竜というのと同様、首長竜と恐竜も、まったく別の生き物である。将来は必ず、別種に分類されるであろう。

水中恐竜の絵に限らず、陸上を歩く姿も、大半が誤っている。長い首を煙突のように垂直に立て、尻尾は土の上を引きずっている。力学的にこの姿勢が楽であることは私も認めるが、残念ながらこれはあり得ない。理由は頸骨の形状にある。

アパトサウルスの骨の化石は、貴重なことに、ほぼ完全に全身分が出土している。この頸部を子細に観察すると、頭部を頂きに載せ、頸部を直角に曲げて垂直に立てることは無理であることがすぐに解る。

大蛇に似たアパトサウルスの頸部は、無数の頸骨が貨物列車のように一列に連結されてできあがっているが、試しに二個の頸骨を持ち、塡め込んでV字型にしてみると、骨同士が上部でぶつかり、たちまち曲げの終点が来てしまう。その角度は、頑張ってもせいぜい百四十度というところで、したがって想像画によくあるように、胴体のすぐ先で直角に折り曲げ、長い首を煙突状に立てることはできない。

頭部を精いっぱい上空に持ちあげても、頸部全体は、巨大なコンパス的円弧を描くことになるだけである。しかもこの姿勢こそは恐竜自身にとって無理があるもので、骨折の危険もあるから、長時間このかたちを保ってはいられないと推測される。頸骨関節部の形態から類推すれば、頭部を前方に水平状に伸ばすか、ゆるやかに下方に垂らしているかたちが、筋肉は別とし、骨格にとっては最も楽な姿勢になる。頭部を上方にあげる際も、頸部全体はごくゆるやかな上昇角になるであろう。

また、頭部を煙突状に高々と上げる想像図は、別種の間違いも犯している。アパトサウルスがこのような姿勢をしばしばとっていたなら、彼らは頭骨の中におさまった十メートル上空の脳に向かい、大量の血液を押しあげなくてはならなくなるから、心臓が持たないことが考えられる。そうなら彼らの脳はしばしば酸欠状態に陥り、思考が鈍ると考えられるから、これもあり得ない。

さらに言うと、心臓がそこまで強力化したなら、体内全体の血圧が高くなるので、巨大恐竜は脚部など、下半身の血管や皮膚をよほど頑丈なものにしておかないと、高齢になって組織が劣化した際、血液の高い圧力に晒されてそれらが破れる危険も生じる。

このような事実は、古生物学者なら、アパトサウルスの頸骨をふたつ手に取ればたちまち類推がつくことである。にもかかわらず、中学、高校の教科書や、青少年向け恐竜図鑑に長年間違った想像図が載りつづけているのに、誰一人訂正の指導をしないのは異常である。あまつさえ、この図が正しいか否かを自然史博物館の化石標本の前に行き、確認しようともしない。

絶望的な想像をすれば、首を直角に持ちあげた巨大竜の絵や、頭だけを出して水中をのし歩くアパトサウルスの絵を、思慮不足の古生物学者自身が指導している可能性さえある。これが学者たちの怠惰でなくして何であろう。

3

このように、考えるほどに恐竜類の存在は矛盾に満ちている。桁外れに超重量で、鈍重な彼らが、はたしてわれわれと同じ地球上に存在し得たか。彼らの存在は生物学の常識と対立する。では化石の出土という現実は何なのか。化石という証拠がなければ、生物学者に限らず、恐竜などは幻だと誰もが断言できるであろう。

巨大草食恐竜に限らない。中生代最強の肉食恐竜と言われた高名なティラノサウルスにおいてこそ、不可解は著しい。ジュラ紀のアロサウルス、それが発展した白亜紀のティラノサウルスは、よく似た体形をしている。どちらを対象にしてもよいが、高名なティラノサウルスの方が誰もがイメージしやすいので、これを俎上に載せ、以下を語る。

ティラノサウルスは、ニューヨークの自然史博物館のバーナム・ブラウン博士が、一九〇二年にモンタナで頭部の化石を発見した。続いて全身の骨が出るようになり、以来この博物館で世界的なスターになった。草食巨大竜のアパトサウルスも、一八九八年にワイオミングで全身の骨格が出土し、この博物館に運び込まれて常設展示され、自身も、博物館も有名にした。

ティラノサウルスが中生代最強の肉食恐竜と言われる根拠は、その大きな口と、その中にずらりと並ぶ長い大型の歯、そして強力な嚙み合わせの筋肉力にある。化石として残るティラノサウルスの歯は、鋸歯《きよし》と称されるが、それはこの鋭い大型の歯の表面に、のこぎりのような細かなぎざぎざが浮いているためである。これで嚙めば、相手の肉体をより大きく破壊し、ダメージを強くすることができる。

この歯を嚙み合わせる顔面部の筋肉の力は、現在生存する鰐類の嚙みつきの力を、頭部のサイズに比例させて数字を拡大し、おおよそ三トン、最大で八トンにも達したと推定されている。これは頭部が小さい大型の草食恐竜、アパトサウルスの歯や顔面の筋肉と比較すれば、数値の桁が違うので無敵の戦闘力と考えられ、当時の生物で、これに対抗できる口はなかった。こういう理解と、恐ろしげな外貌、鋸歯の威圧等から、この肉食恐竜は中生代を通して無敵と見做《みな》され、「タイラント」、「暴君」の称号も獲得している。

強力な咀嚼力を作りだす顔面筋を含むティラノサウルスの頭部は、頭だけで前後方向に一・五メートルに達する。体長は平均して十二メートル。骨格から体重は五トン前後と推定される。

不可解の一はこれである。体重五トンとなれば、象とほぼ同じ体重である。象には、われわれもよく知るように、四本の太い足がついている。しかしティラノサウルスの足は二本にすぎず、これに人間のものに形状が似た筋肉が付き、胴体の太さに比して足が細い。

同じ五トン級の生物であり、同程度の太い胴体を持つのに、象の脚部は四本で太く、ティラノサウルスのものは二本で細い。そうならこの恐竜には、象程度の運動能力はなかったと見るのが妥当だ。四本足の象でさえ、他の猛獣類に較べれば動きが鈍く、鈍足だから、インドやアフリカで最強と言われることはない。そうなら歩行能力や俊敏さで象以下であったと考えられるティラノサウルスは、はたして中生代最強であったと言えるのか、いささか怪しくなる。

象は非常時にはそれなりに俊敏で、能力のあるものは、瞬間的には時速四十キロメートル強で走れるといわれる。しかし総じて鈍足のため、自分より小型の動物をとらえ、肉食生活を送ることはむずかしく、草食に甘んじている。象の平均的走行能力では、小動物を追いかけ、追いついて殺し、食べることは不可能だからだ。アフリカ象より足の遅い動物は、アフリカの草原には見当たらない。

一方ティラノサウルスは、嚙む力に関しては当時最強であったことは間違いないが、それは相手に組みつけてはじめて発揮できる能力で、その以前の捕獲の能力が最低なら、強いという評価は成り立たない。走行速度に関しては、ティラノサウルスは象にも追いつけそうではない。象と同じ重さの体を、象の半分の二本足、そして象よりも細い筋肉で支えている。走行速度をうんぬんする以前に、まず歩行ができたのか、その以前に、立っていられたのかさえ怪しい。そうなら、この恐竜の持つ中生代最強の評価は、恐ろしげな外観からわれわれが抱く幻想である。

自分は、知る限りの動物生態学の専門家たちに尋ねて廻り、自分自身も多くの動物の骨格や、これへの筋肉のつき方のパターンをリスト化して結論したのだが、あの太くて重い胴体に、あの細くて二本だけの脚部となれば、ティラノサウルスは、立つのがやっとであったと結論せざるを得ない。

ティラノサウルスの二本の後足は、筋肉量も不足なら、長さも不充分である。三畳紀に多くいた小型恐竜よりも、体形比率的には後足が短くなっており、これでたとえダチョウのように二本の後輪をせわしなく動かして駈けだせたにしても、自分以外の生物群を圧するほどには、速度が乗らないと考えられる。

太い胴体に細くて短い足と、体形のバランスがよくないので、骨折や関節を傷める危険が絶えずある。ゆえに歩行自体がむずかしく、たとえできたにしても、よろよろと赤子のように歩くのがやっとであったと推察ができそうである。ティラノサウルスの移動の速度は、ニューヨークの歩道をわれわれが地下鉄に向かうよりも遅かったと考えられる。とっさの場合、人間の速足程度の速度は出せた可能性もあるが、長くは続かなかったであろう。

アパトサウルスの場合と同様、全体の骨格の関節部分の形状から、ティラノサウルスの普段の姿勢が推定できる。この肉食恐竜の場合も、巨大草食恐竜と同様、世間に出廻っている想像画はすべて誤りを犯している。想像画ではティラノサウルスもアロサウルスも、二本の後足で常時ペンギンのように直立し、われわれ同様そのまま二足歩行する様子が描かれている。あの体重と後足のみなら、この姿勢が力学的に最も安定的だからだ。

人間の直立二足歩行の選択も、脳の体積が増し、重くなったから、これを載せて安定するために、棒のように直立したと説明される。この姿勢が、体各部にかける負担を最小にする。動物的な四つん這い姿勢や、チンパンジー式の前傾姿勢は、重い脳を入れた頭部が横方向に突き出し、頸部の筋肉や関節に負担をかけることになる。

しかしティラノサウルスは、全身の骨格各部の連結の形状から、人間のようなスタイルの直立二足歩行はあり得ない。とっさの際の一時的な直立はあり得ても、常時地面から直角に立って二足歩行するようには、骨格連結部ができていない。骨格から推定するティラノサウルスの基本姿勢は、相当な前かがみであった。こういう姿勢により、骨の各パーツの接続部分が均等な間隔で繋がる。近い将来、研究者たちの全員がそう考えるようになるであろう。

そうなるとティラノサウルスは、常時前かがみの姿勢で、時に鶏のように大きな頭部を前後させてバランスを取りながら、前進したと想像される。ところが、骨格から導かれるこの結論が、またあり得ない。こうした前傾姿勢では、重量の大きな胴体と巨大な頭部が、細い二本だけの脚部とのバランスを悪くして、長時間は立っていられない。転倒を避けるため、この肉食竜は常時前進している必要があり、息が切れて立ち停まれば、重い頭部のために前方に倒れやすい。一時的にでも後方に反り返ってバランスをとり、人間式に直立して休む、という行為ができにくい骨格構造になっている。

この肉食竜は常に歩き続けている必要があるが、この体重と頭でっかちの体形、この前傾姿勢では、前進という行為もまた楽ではなかったろう。すぐに息が切れそうであるし、前進中足場が悪ければ、あるいは地面に不用意な障害物があれば、簡単に倒れてしまう。大型の重い頭部を下げ、常時視線を下に向けて、足もとの安全を眼で確認し続けるのもなかなか苦しい。

転倒時、とっさに手をつこうにも、あるいは転倒を回避するために時に地面に手を伸ばし、体を支えようにも、手があまりに小さすぎ、短かすぎる。こういう非常時を考えると、この生物の異様なまでの小さな手は不可解で、これは転倒する危険など、まったくなかったという事実を示しそうである。

頭でっかちのティラノサウルスは、疲労をさけるため、一日の大半の時間、うずくまるような姿勢で地面に寝ており、意を決して立ちあがれば（短い手の助けを借りてのこの行為が、不可能というほどの難儀であったと考えられるが）、終始ゆるゆると前進していたと考えるほかない。こうした事情を了解してもらえたなら、駈けだすという行為自体、思いもよらないものであると理解がされよう。

この骨格と、筋肉の形状、その推察される仕事量、そして前傾の姿勢というバランスでは、この恐竜は運動中、しばしば転倒のアクシデントを起こしたと考えられる。ティラノサウルスが安定的な歩行を可能とするためには、大腿部の筋肉を少なくとも現状の三倍に増やし、胴体部の重量を半分に減らす必要がある。ただしそうしても、獲物を追って長時間、高速で走ることはむずかしい。たとえ筋肉がもっても、骨や関節がもたない。

現状ではティラノサウルスも、アパトサウルスと同様、歩行の困難と頻繁な転倒の危険、また鈍重さによる夜間就寝時の危険、さらには老化によって動けなくなる危険などから、俊敏な小型肉食恐竜の日常的な餌食になって、寿命は短かったはずである。

そうならこの肉食竜も、早期に滅んだと見るべきだが、巨大草食恐竜と同様、彼らもまた数千万年という長い繁栄期間を誇っており、生態学や生物学の常識が通用していない。

過去の地球上に、こうした巨大な肉食恐竜が実在したことは化石が示す現実であり、あらがえないから、常識は後方に退け、日々無事に歩いていたことは認めるほかない。しかし自在に歩くことにも足りない脚部の細い筋肉であるから、獲物である動物を追って、彼ら以上の高速で走るためには、この体格なら現状の五十倍もの筋肉が必要になる。同時に胴体部は、十分の一までも減量の要がある。この計算が、生物学の示す常識である。そうなっていないこの巨大生物は、せいぜいショッピング中の人間程度の速度で移動し、時にはヒトの速足程度にはなったものの、それも長くは続かなかった、まして駈けだすことなど思いもよらなかった、というのが私の結論である。

すると、すこぶる奇妙な事実が生じる。それでは高齢の鰐類にさえ追いつけない。鰐も、自身の生存がかかった際の緊急的な動きはきわめて速い。小型恐竜や、小型哺乳類の動きはさらに素早かったと考えられる。そうならこの肉食竜は、餌食としたはずのすべての生物に逃げられ、追いつけず、肉食生活は不可能となる。ティラノサウルスが肉食恐竜であるとする把握と分類は、前提から覆ることになって、古生物界の常識は、書き替えられなくてはならない。この恐竜もまた、逃げられることのない植物を食べて暮らしていたと、教科書も図鑑も、記事訂正の要がある。

するとこの恐竜が持っていた大量の大型鋸歯、咀嚼のための強力な顔面筋は、まったく無用の長物となる。これはいったい何のために備わっていたのか、日々木々の葉を嚙むだけなら、これほどに強力な歯は必要ではない。また糞の化石に見るこの恐竜の肉食の証拠は、論理矛盾となる。いったいこの暴君は、どのようにして、死にもの狂いで逃げる生物を日々捕獲し、食べていたのか。

草原におけるチーターの高速追跡劇は、多くの人々が映画館で見たことがあるに違いない。あれが動物界の、生きるための現実である。この大型の生物が肉食なら、時にあれに匹敵するほどの走行速度を出していなくてはならない。この生物の骨格や、筋肉のバランスから推測される、百倍もの速度を獲得していなくてはならない。これはあり得ないことだから、骨格の分析から得られた数十年におよぶこの恐竜の寿命や、現在のところ人類の数千倍にわたったとされる繁栄の期間は、理解不能の謎であり、幻となる。

こうした謎は、現在の古生物学者たちの脳裏にはかけらも現れていないので、みな問題意識を持っていないが、間もなく誰もがこの矛盾に気づき、問題とする時期が来る。

ティラノサウルスは走れず、動きは赤子のように鈍く、餌食とする生物たち全員に逃げられ、自身も歩くことがやっとで、しばしば転倒し、一日の大半は空腹を抱えて寝てすごし、高齢化すればたちまち動けなくなっていた――、これが証拠から導かれる蓋然的な推論で、恐ろしげな外観に似ず、なかなか惨めな日常が浮かぶ。

ところが博物館に存在するこの生物の化石は、真逆の現実を語っている。糞の化石から、彼らは日常的に生物を捕獲し、彼らの肉を栄養源としていた。そのために草食の大型恐竜に比して、小型で筋肉質の、精悍な体形を維持していた。そうなら、象を載せた細い二本の脚部にもかかわらず、この恐竜は理屈を超越した神的な運動能力を持っており、それゆえの長寿と、気が遠くなるほどの長い繁栄の期間を作った、ということになる。

これが少年SF的な空想でないことは、ティラノサウルスの前足の小型化にも現れている。ジュラ紀に繁栄した同じ肉食恐竜のアロサウルスと見較べると、ティラノサウルスの前足は、長い進化の時間の内で萎縮し、退化している。これはティラノサウルスの日常行動に、「対象を手で摑む」という行為の必要がなかったことを示しそうである。むしろ邪魔であったと考えられる。

それはすなわち、二本の後足と口だけで生活のすべてがまかなえたということで、前足は睡眠から覚めて立ちあがる際の杖代わり程度にしか用がなく、強力な武器としての口がついた頭部は、現在の犬に見るような、俊敏な動きを為したことを語りそうである。ティラノサウルスは、獲物とした動物に瞬時に追いつき、体を噛み砕き、たちまちにして切断し、咀嚼し、嚥下したから、手の果たすべき役割はなかった。時には引きちぎるために獲物の端を手で摑んだことも考えられるが、そういう場合も、勢いよく頭を振ればそれで充分だった。鋸歯の表面の、連続して並んだ凹凸は強力な切断機でもあったから、獲物の体はそれだけで千切れて飛んだ。

体重五トンのこの肉食恐竜が、獰猛《どうもう》な暴君であり、時代を制圧した百獣の王であるためには、逃走する獲物に対し、時にチーターにも迫る追跡の速度を出せなくてはならない。しかしこれだけは、生物学者たちがどのような視覚記憶を動員しても、またそれらを応用拡大しても、イメージができない。あの巨体では、いかに二本の足をダチョウのように素早く動かし、駈けだしても、さしたる速度は乗らない。ではこの大型の肉食恐竜が、獲物たちに追いつく方法はなかったか――。

あった。それがカンガルー・ジャンプであったと自分は考えている。前足が退化したティラノサウルスの姿は、現在地球に生息しているある哺乳類を連想させる。それは、オーストラリア大陸のカンガルーである。ジュラ紀のアロサウルスも同様で、ティラノサウルスほどではないものの、やはり前足は小さい。カンガルーは走行速度を最大限に上げる際、二本の後足を揃えてジャンプを連続させることで早く走る。この時尻尾で姿勢を安定させ、二本の前足は縮める。邪魔になるからと思われる。二本の前足もそれなりの重量物だからだ。こういう事情から前足は、次第に退化、小型化したと考えられる。アロサウルスからティラノサウルスへという肉食恐竜の体形の変化も、同じ事情を語っているように見える。そうならこれらの肉食恐竜は、獲物の確実な捕獲のため、上空からの奇襲攻撃を得意とし、また追跡劇を演じる際は、最大限に速度をあげるため、時として連続したカンガルー・ジャンプで走る、という最終的な離れわざも隠し持っていた。つまり二本の後足を揃えてバネとし、空中を跳んだ。そう考えればティラノサウルスの肉食生活も、想像が可能となる。

前方の獲物が油断している際、ほどよく離れた岩場の上など、若干の高所からカンガルー・ジャンプして上空から覆いかぶされば確実であり、一撃ですむので力の節約にもなる。獲物を追跡する際も、この走行ならば圧倒的に速度があがり、追いつける。今日古生物学者の誰も夢想もしていないが、この肉食恐竜はこうした特殊な動きを隠し持っていたと、自分は考えている。そう考えることではじめて、暴君の特権的な肉食生活への理解は完成する。

しかしこれはあり得ないことだ。ゆるゆるとした前進がやっとで、走ることもままならない象以上の巨大生物に、カンガルー・ジャンプなどという離れわざはでき得ない。あの巨大な胴体と腹部を、二本の後足の細い筋肉だけで天高くに跳ね上げるジャンプは、力学的に不可能である。

ただしこのような身体比率で、こういう動きを為している生物は、今日も地球上にいる。カエルである。カエルは細い二本の脚部のバネだけで、大きな腹部を持つ胴体を、空高くに跳ばしている。

4

恐竜という古生物の不可解の、とどめの一撃は飛行恐竜である。今のところ生物史上初の鳥類とされる始祖鳥は、鳥類と爬虫類、双方の特徴を併せ持っており、鳥類に進化する途中段階であるとする考え方が一般的である。つまり始祖鳥は、爬虫類と鳥との中間に位置し、両者を受け渡す、ミッシングリンクであったとする。今後の研究で始祖鳥の系譜が絶滅したと証明されない限り、この考え方は続くであろう。

この仮説は、キリスト教的な思想にとって相性が良いので、始祖鳥が鳥類につながる直接的な子孫であるとする考え方は今日常識になりつつあるが、自分はこれに否定的な見解を持っている。しかし今述べたい事柄とは異なるので、別の機会に譲る。

今稿では、生物史上最古の鳥とされる、ジュラ紀後期にはすでに現れていたこの原始的な鳥類ふうの生物が、事実鳥として空を飛べたか否か、という命題について述べたい。不思議な事実の第一は、飛べたという証拠と、飛べなかったという証拠、始祖鳥はこのふたつを同時に持っているという点だ。鳥類にせよ、飛行機にせよ、飛ぶという行為には二種類がある。自力で離陸し、飛行したか、グライダーとして滑空したかである。前者は長距離を飛べるが、後者は高所から地面までを飛ぶだけである。

生物においてもまったく同じことが言えて、平地で羽ばたき、自らが作りだした揚力によって空中に浮かび、飛んでいくという形態。もうひとつは、高い崖の上や木の上から飛びおり、滑空するというもの。現在の動物では、ムササビ、トビトカゲ、ヒヨケザルなど、多くがこうした滑空飛行をする。鳥類ではこうした日常行動をするものはない。自力で羽ばたいて離陸するか、まったく飛ばないかである。

始祖鳥は、鳥類としては例外的で、自力で羽ばたいて浮上し、長時間飛行したとする研究者も少数いるが、そうでないと考える研究者の方が数は多く、そういう彼らの大半も、滑空はしたものと考えている。鳥類としては例外的な生態であるが、それは爬虫類から鳥類への途中段階に位置する生物なので、あり得ることとする。人類による航空機発明の歴史も、グライダーによる滑空から始まり、エンジン・プロペラ機にと受け渡された。鳥類の誕生プロセスにも、似たような歴史があると見做している。

また始祖鳥は充分に大きな翼を持っており、その姿で生きた時間が短くないので、まったく飛べないのに立派な羽根を持ち、長い期間地上を駈け廻っていたのみとするのは理屈に合わない。

しかし、始祖鳥が滑空のみしていたとする考え方には、都合の悪い事実がある。始祖鳥の骨格の化石が出る場所は、今までのところ、低木が繁殖する、平坦な土地ばかりであるからだ。

始祖鳥は一八六一年にドイツ、ゾルンホーフェンの石灰岩の地層から発見されたのが最初だが、これは水たまりの多い泥干潟地帯で、高さ三メートルを超える高木の化石は、一帯からまったく見つかっていない。低木ばかりの平坦な湿地帯で、始祖鳥はここでどのような高所にあがり、滑空を開始したのかが説明がつかない。

さらには始祖鳥の足は、ものを摑むことができなかったとする研究が登場し、もしもこれが事実であれば、木の枝に摑まることも、これをよじ登ることも不可能であったという話になって、ますます高所からの滑空は困難になる。

では始祖鳥は、低地で羽ばたき、自ら飛びあがることができたか。鳥類に関する優れた研究に、風切羽の形状を見れば、その鳥が実際に飛べたかどうか解るとするものがある。たとえばダチョウなど飛べない鳥は、その風切羽が、羽軸に対して左右対称であるのに対し、飛べる鳥は、航空力学上の要請から、左右非対称の風切羽を持つことが知られている。始祖鳥は、羽軸に対して、はっきりと左右非対称になっており、飛べた鳥の特徴を備えていることが解った。さらに、風切羽の長さも充分で、自力で羽ばたいて空を飛べる現在の鳥類たちと類似する。

さらにひとつ飛行可能説に有利な点は、始祖鳥の脳が、視覚をつかさどる処理領域が大きく、内耳の構造も発達しているという事実がある。これは空にいる際に必要な、空間把握の能力を示すと考えられるから、始祖鳥は日常的な飛行体験を持っていた、と見做す研究発表がある。

一方で、飛べたはずがないとする主張も数多い。その根拠は、鳥が飛ぶためには、翼を前下方に打ちおろす強い力が必要になる。この動作の力強さによって、鳥は揚力と推進力を得るので、このうちおろし動作の能力が、自力飛行には不可欠となる。この力を鳥類は、胸部の筋肉によって作りだす。そのため鳥類は、翼を強く振りおろすための強い筋肉、大胸筋を胸部に持つが、この筋肉のために彼らは、竜骨突起という骨格を必ず胸部に発達させている。ところが始祖鳥にはこれがない。したがって大胸筋は薄く、翼の力は弱かったと考えられる。

しかし鳥類が飛びたつにはもうひとつ方法があって、必ずしも静止状態から強く羽ばたいて空に浮かなくとも、地面を早く駈けて初速度をつければ、飛びたつことは可能である。飛行機の離陸時に見る原理で、現在の鳥たちも、九割は離陸時、こうした脚力によって作る初速を使っている。

始祖鳥の脚力は充分に強そうであるし、また平坦な場所であれば、飛びたち、低空におりてきた際に、地面効果というものが発生して、滑空の距離を延ばすこともできる。しかしそういうことであれば、水たまりが多く、足場の悪い低湿地帯をあえて生活の場に選ぶものかという疑念も生じる。

決定的な否定材料として、化石に遺されている羽根の軸の太さが、長さに対して細すぎ、体重を支えるのに不充分であったとする研究がある。現在の鳥類はすべて、自らの体重の六倍から十三倍程度の荷重に堪える翼の強度を持つ。そうでなくては上空の強風や突風、また自らの激しい羽ばたきの動作に堪えきれない。

ところが始祖鳥は、羽根、骨格、筋肉、さまざまな理由から、自らの体重の〇・五五倍の荷重しか支えられないことが解ってきた。これでは自在に空を飛び廻る飛行物体としての強度がない。上空に存在する突風や強風に遭遇した際、また自分の羽ばたきの激しさで、安物のコウモリ傘の骨のように翼が折れてしまう危険があり、こういう生物に飛行ができたとは考えにくい。

ジュラ紀から、始祖鳥と共存していた飛行生物に、翼竜というものがいる。これは始祖鳥が推定二百七十グラム程度の体重を持つのに対し、この仲間には翼をたたんだ静止時、今日生息するキリンと、ほぼ同じ背の高さのものがいる。

この翼竜は首が長いため、外観をキリンと比較されるのだが、出土した化石の骨格から、体重は推定百キログラム以上にも達し、全開すれば翼の左右幅が、十一から十二メートルにも達する。これはセスナ機に匹敵する大きさで、しかも肉食であった。

この巨体であれば、実際に飛べていなければ、すばしこい小動物を相手の肉食生活は不可能に思われる。地上での動きに素早さはなく、軽量化した体は華奢で、大きな生物との格闘には向かない。こうした巨大翼竜の存在こそは、巨大草食恐竜アパトサウルスや、肉食のティラノサウルス以上に不可解な謎となる。

現在地球に生息する最大の鳥類は、ワタリアホウドリになる。この鳥は、翼を広げるとその左右幅が三・五メートルになり、飛行時、風の状態に応じて巧みに翼のかたちを変えながら、風の波に乗って飛ぶことが知られる。

具合のよい風の場合は滑空するが、風がない場合や、風の速度が一定している場合、羽ばたかないと重力や空気抵抗に負け、落ちてしまうので、適宜羽ばたくことをする。しかしこの鳥も、離陸時にはせわしなく羽ばたき、懸命に強い揚力を作りだす。上空にあがってのちも、よい風がない場合は羽ばたくが、その速度はもう遅い。

こうした羽ばたきの速度は、胸の筋力によって作りだされているが、ワタリアホウドリをはじめとして大小さまざまな鳥の観察から、興味深い研究成果が報告されている。翼の長さ、そして体重と、大胸筋の作りだす羽ばたきの速度には、興味深い関連性があるというのだ。

羽ばたきには、どうやら筋肉の大きさによる速度制限が存在する。翼が長く、体重が重い鳥ほど、早く羽ばたくことができない。大型の鳥類ワタリアホウドリは、平均体重が十二キログラムで、風速ゼロの環境下でも、走らず、羽ばたきのみによって地上からなんとか離陸ができる。しかしこれは鳥類の限界に近く、毎日頻繁に飛びあがる鳥ならば、もっと離陸が楽でなくてはならないから、体重十キログラム台が上限だという。こういう小型の鳥なら、羽ばたく翼の速度が速い。

複数の鳥の観察結果を敷衍《ふえん》し、滑走の初速を使って離陸をし、持続的な巡航飛行が可能な鳥の体重は、四十キログラムが限界になるという。

海の上を飛ぶ鳥は、風の調子を利用した滑空が得意であるが、どの鳥も離陸時には一秒あたりの羽ばたき回数が多い。そして巡航時にはその回数を減らす。離陸時の羽ばたき回数が、大胸筋の生み出せる最大出力で、上空滑空時の必要最小限の羽ばたき数は、最小出力となる。実際に空を飛ぶ鳥はすべて、この両者に大きな幅を持っている必要がある。ところが体重が増していくほどにこの両者の差が少なくなっていき、体重四十一キログラムで、最大と最小の差がゼロとなってしまう。重い鳥は上空で、空気の波を利用した滑空ができず、たとえ上空高くまで昇れたにせよ、そこでも離陸時と同じ勢いで、羽ばたきを続けなくてはならなくなる。

この観察結果が示すものは、地球上に生息する鳥類で見る限り、体重四十キログラムを越える鳥は、長時間の巡航飛行ができないということである。四十五キログラム、五十キログラム、五十五キログラムと体重が増していくにつれ、羽ばたきによって発生する揚力が、体重を持ちあげきれなくなり、離陸が不能になる。生物は、そのサイズが大型化するにつれ、筋肉が速く動かなくなるという宿命を持つ。大柄な生物の筋肉は、素早く動かない。すなわち鳥も、大柄になるほど、全力をあげても羽ばたきの回数が低下していく。

鳥の体重が四十キログラムを越えると、強い羽ばたきで瞬間的に空中に浮かぶことはできても、高所に達し、持続的な長距離飛行を続けることはむずかしい。この観察報告を信じるなら、体重が百キログラムを越える大型の翼竜は、飛べないという結論になる。始祖鳥も、翼竜も、この点は同じなのだが、翼の骨組みの部分は骨でできあがり、この材料はリン酸カルシウムで、この物質なら、大型の翼竜になると、大型の翼部分だけで四十キログラムを越えてしまう。そうなら胴体や頭部は軽く作らなくてはならないが、あまり軽くすれば生物としての機能を果たさなくなるから、存在自体の意味がなくなる。それではと翼部分を無理に軽量化すれば、上空を吹く強烈な風速の風や、重い体重を浮かせる際の激しい羽ばたき、これが作りだす強い風圧に翼の骨が堪えきれず、骨組みが破壊されてしまう。

鳥類の学者たちは、生物が飛ぶという行為のむずかしさをよく知っているが、恐竜学者たちはこれまで、この点を軽く考えてきた。大なり小なり恐竜教の盲信者となり、二億年前の翼竜や始祖鳥の筋肉は、現在の鳥類よりも強力に進化していて、流体力学の理論を超越して大空を飛行したと考えた。

巨大草食竜の背筋や頸部の筋肉は、十三メートルという長い首を、二百年間休みなく持ちあげつづけ、四本の脚は四十トンの超重量物体を、あちこちに軽々と運び続けた。

ティラノサウルスの後足の細い筋肉も、五トンの肉食竜を、二本の後足だけで軽快に疾走させつづけた。

現在の地球上では、そういうことは起こり得ない。たとえ筋肉が可能でも、骨が持たない。すべての生物の骨が同じ材料から作られている限り、百年間そのような使い方をすれば、骨折や、関節の疲労破砕が起こる。

巨大翼竜は、自力では決して空に浮かべない。上空に達することはできないし、そこで巡航飛行に移ることは不可能だ。

大気の密度が大幅に上昇すれば可能性は出るが、その場合の酸素濃度は重大問題で、恐竜たちの中生代は、述べたように極端な低酸素の時代であった。大気が濃密であれば、それらの主成分はメタンガスや二酸化炭素になったはずである。巨大翼竜も肺を持ち、酸素呼吸をしていた。無事に空に浮かべても、窒息絶命しては意味がない。

彼らの雄大な翼は何のためのものか。飛べない巨大翼竜は、いったい何のためにこの地上に生まれてきたのか。もしも数多く出土する巨大な翼の化石が、地球の意志が作りだす幻でないならば、この生物は飛べもしないのにあれほど立派な翼を持ち、地上に生まれつづけたのか。そして気が遠くなるほどの長い期間、ただ翼をたたんで引きずりながら、地上を生きたのか。

大きな翼を引きずる地上での不自由な毎日で、何故肉食生活ができたのか。これほどに長い進化の時間を持ちながら、行動を束縛する大きな翼というこの生物の無用の長物は、何故退化することがなかったのか。

5

太陽系の各惑星は、太陽にごく近い水星、次の金星、そして一番遠い冥王星、という三つの星を別にすれば、自転の速度において、ある程度の統一性がある。

地球と火星は、星の上の一日の時間が、ほぼ地球式の一日になっている。つまりこの惑星は、地球の一日で一自転する。正確には、地球は一自転に要する時間が二十三・九三時間。火星は一・〇二六日となっているが、非常に近い。二つの惑星のこの共通性は、理由があることか、それともただの偶然かは不明である。

火星のひとつ外側に位置する木星は、地球の千倍もの体積を持つのに大変回転速度が早く、一日、つまり一自転に要する時間は九・八時間。そのために木星は、赤道部分が遠心力で膨らんでいる。この星の少なくとも外郭部分がガスでできあがっているせいもある。その外側の土星は一自転が十・二時間、両惑星ともに一日の時間が地球の半分以下になっている。

その外側の天王星は、一自転が十七・九時間。その外の海王星は、一自転が十九・一時間となっており、いずれも一日の時間は、地球のものより短い。すなわち、自転の回転速度が地球より速い。

木星と土星のグループは、だいたい一日が十時間。天王星と海王星のグループは、一日が二十時間弱ということになる。二グループともに、自転の速度は地球よりも早い。ここでも地球・火星組というように、惑星はふたつの星がひと組になり、グループを作るが、これに何か意味があるのか、それともただの偶然であるのかは解らない。

最初に別にした三つの惑星に関しても、同様に数字を述べておけば、水星が一自転に要する時間が五十八・六五日、二ヶ月もかかり、金星は二百四十三日、約八ヶ月という時間がかかっている。つまり双方ともに、自転の速度がずいぶん遅い。金星は異様に遅く、ほとんど自転していないかのようである。しかも金星は、自転の方向が他の八つの惑星と逆向きになっている。

冥王星は一自転に六・四日、一週間弱かかっている。これらの星の自転速度はばらばらで、まったく仲間は持たない。

ただ冥王星を太陽系の一員として数えることには、私は賛成ではない。惑星はすべて、完全な円形の軌道を描いて太陽の周りを廻っているわけではないが、最もつぶれた円軌道を描くものがこの冥王星である。この太陽から最も遠い星の軌道は、ひとつ内側の海王星の軌道にクロスして、定期的に海王星より内側に入り込む。

これは他の惑星にはない特徴で、この星の小型サイズも含め、ハレー彗星など、多くの楕円軌道を持つ衛星のうち、たまたま円に近い軌道を持っていた大型の小惑星、と見做すこともできる。

冥王星の周辺には、このクラスの大きさの小惑星が複数あることが最近では知られはじめているから、いずれ時が経てば、これらの小惑星はすべて確認され、冥王星の周辺は、火星と木星との間にある小惑星群のリングとも似た一帯であることが、徐々にあきらかになってくるであろう。であるから冥王星は、ほかの八つの惑星と同列に論じなくてもよいと考えている。

八つの惑星について大きさを述べておくと、木星と土星の二つのグループが、群を抜いてサイズが大きい。赤道半径は、木星がおよそ七万キロメートル、土星が六万キロメートルである。

これらのだいたい三分の一程度の直径を持つ中クラスの惑星が、天王星と海王星で、両者の赤道半径は、天王星が二万五千四百キロメートル、海王星が二万四千三百キロメートルとなっている。

これらふたつの、さらに四分の一程度の大きさの星がやはりふたつあり、これがわれわれの地球と、自転形態が特殊な金星になる。赤道半径は、両者ともにだいたい六千キロメートルと少しである。そのサイズに関しては地球は、火星でなく、金星が仲間ということになる。

これらふたつよりやや小さい星が火星、赤道半径は三千三百キロメートル。水星はさらに小さくなり、二千四百キロメートル。冥王星は、それよりさらに小さく、最も小さい太陽系仲間になる。

金星は自転の速度が遅いだけでなく、逆向きに回転しており、この逆回転が、もしも大型遊星の衝突によって引き起こされたものであるならば、八ヶ月もかかる自転の遅さもうなずける。衝突した他天体が金星の自転を止め、さらに逆向きにはしたものの、その速度は到底もとの自転速度とは比較すべくもない、わずかなものであった、ということであろう。衝突によって始まった回転であるなら、それほど勢いのよいものにならないということは、ありそうなことだ。

金星の逆回転を含め、惑星たちの回転速度がそれぞれ違っていることは大いなる謎で、これまでの天文学者の誰も、納得のいく仮説を提出できた者はない。各惑星の回転の速度が、なんらの法則性も持たず、まちまちであることは、自然なことではない。太陽系の発生、成り立ちを考えれば、各惑星は同じ向きに、ほぼ同じ回転の速度を持っていてよい。

各惑星が、回転する塵やガスの集合体であった時代がすぎ、次第に冷えて固まってくれば、さまざまな事情から回転速度に差が生じていく。それは自然なことだ。

一般論として、回転体には「角運動量保存の法則」というものがある。太陽自身も自転回転し、その周辺に引き寄せられた塵やガスの集合体も、同様に自身くるくる自転しながら、太陽の周りを公転しはじめる。これが太陽系の発生で、公転する塵とガスの回転体である惑星の卵が、次第に固まりはじめ、中心に向かってより小さく収斂していったものは、より早く自転する傾向にある。

「角運動量保存の法則」について、解りやすい例をあげれば、回転しているアイススケートの選手が、手を広げているとゆっくり回るが、すぼめると早く回りはじめる、あの現象のことである。

そうなら、小さい惑星ほど早く自転していてよい。むろん集まった物質に違いがあるから、完全にこの法則通りでなくともよい、例外はあってよいのだが、その場合、説明可能な理由を持っていて欲しい。そして全体の現象が、おおよそこの方向にあることが説明を楽にする。すなわち冥王星は別として、水星の自転速度が最も早く、火星はその次に早く、金星、地球のグループは次に早く、海王星、天王星のグループがその次で、木星、土星のグループは最も遅いのがよい。

ところが現実は逆で、最もサイズの大きい木星、土星が、最も自転速度が早い。天王星、海王星という次に大きなグループが、二番目に早い自転速度を持つ。「角運動量保存の法則」の真逆が、現実になっている。

木星は、大半水素とヘリウムガスの集合体で、常時嵐を起こしているらしい熱い雲の下の大地がどういう状態になっているのか、未だに解っていない。硬い地面はないとも想像されるので、それはすなわち、正確な赤道半径はまだ解らないということであり、そうなら、角運動量保存の法則をこれに適用することはできないということでもある。引力は極めて強い惑星であるが、核の部分は天王星程度か、より小さなサイズかもしれない。これに関しては、未来の研究成果を待つよりない。

いずれにしても、「角運動量保存の法則」と違う結果が表れているこの太陽系各惑星の運動を、最も楽に説明する方法が、衝突による他天体の干渉である。宇宙はダイナミックに躍動しているが、宇宙にあるものはただ星という物質と、その間に広がる空間のみである。少なくとも現在の科学で見える役者たちは、それである。ここでは光の速度は一定であり、物差しとして使用が可能で、時間も空間の一側面であり、これらはいずれも重力の影響を受ける。それが一九三〇年代現在、万物の霊長たる地球上の最高知性生物が到達している、宇宙への理解である。

もしもそれでよいなら、この法則に導かれて現れたであろう素朴な原則的運動が、今日のかたちに変化した最大の理由を、小惑星衝突に求めるという発想は、格別奇異なことではない。そう考えるなら、もともと存在した運動が、最も保存的な方向にあるもの、つまり小惑星衝突の影響を最も受けにくいものは、大型の惑星であったという程度のことは言ってよさそうである。

今地球に、ほぼ同じサイズの星である金星がぶつかってきたとする。その角度が深ければ、即ち正面衝突に近いなら、地球は粉砕されるであろうが、浅い角度で赤道付近に、それも自転と逆の向きにぶつかってくれば、当然自転回転は止まるであろうし、逆向きの回転が始まることも想像できる。しかし金星の衝突相手が地球でなく、その千倍もの体積を持つ木星であれば、自転の方向に対立的であろうが同じ向きであろうが、金星は木星に影響は与えないと思われる。木星の自転を止めることも、まして逆向きの回転を与えることもできないであろうし、その自転回転をゆるめることも、早めることもできそうではない。

木星、土星のグループが、最も小惑星衝突の影響を受けにくく、天王星、海王星のグループが次に受けにくく、水星、火星のグループは、最も強く影響を受ける。地球、金星のグループが次に受ける、この程度のことは言える。

この考え方でよいなら、木星、土星が現在示している自転の速度は、太陽系の惑星たちがもともと持っていた自転速度に近いものとは言えないか。このふたつの星が、太陽系発生時の自転速度を留め、われわれに示している可能性はありそうである。この二つの大型惑星以外の星たちは、何らかの後天的な事件や、他の星からの重力的な干渉によって、回転の速度をゆるめてしまった、そういう方向の仮説が成り立ちそうに思われる。「角運動量保存の法則」を信じるなら、地球も火星も、もともとは木星以上に早い自転速度を持っていた、ということになる。それがさまざまな宇宙的事件の影響を通過して、今日の速度にまで減速したということである。

自転にかけるブレーキ現象では、「潮汐作用」というものがよく知られている。これを説明する最も解りやすい物質としては、水がある。地球の表面には大量の水があり、この水は太陽や、最も近い天体である月の引力の影響を受け、満ち引きを繰り返す。これらの干渉で水は地表上を、地球の自転とは別の動き方をしており、この移動が地球の自転に、わずかなブレーキをかけ続けている。

したがって地球の自転周期は、毎日百万分の一秒ずつ長くなっている。地球の自転は、十年間で七秒遅れ、八百年で半日遅れるといわれている。これは無視できない大きなブレーキである。

しかしそれ以上に直接的なブレーキは、すでに述べてきた通り、小惑星の衝突にある。ぶつかってくる他天体のサイズが大きければ、その影響は金星に見るように自転を止め、逆回転を始めさせるほどに強烈なものである。地球もまた、述べたような木星の引力圏の傘をたまたま逃れた無数の他天体の衝突を受けつづけて、今日にいたっている。月レヴェルの大きさの遊星の衝突も、数回経験している。エヴェレスト山塊程度の小惑星の落下ならば、数十回にも及ぶはずである。

これらの小惑星が、たまたま地球の自転の方向と逆向きに衝突してくれれば、自転が止まらないまでも、その速度が瞬時に落ちることは考えられる。途方もない想像であるが、火星や金星の地表に見えている巨大クレーターは、これらがSF的妄想でないことを語っている。

こういう天文学的な事件発生の時点で、地球上の生物の進化が、すでに恐竜の時代にさしかかっていたとしたらどうであろうか。小惑星衝突は、大陸に大規模な森林火災を起こし、何ヶ月も燃え続ける炎が、地上をオーブンの底のような高温にする。

やがてその炎の上に、成層圏まで巻きあがった無数の岩石が時間差をおいて落下してきて、弱った動物たちを殺す。

高温は次第に海水を温め、海底で凍りつき、眠っているメタンガスを溶かして大気に放出させる。メタンガスは、炭酸ガスの二十倍の温室効果を持つ。地上はこのガスによって全域高温化する。

森林が大量死し、木々が日々放出していた酸素が激減し、残っていた酸素とメタンが結びついて、さらに酸素の量を減らしていく。高温と酸素不足とのダブルパンチで、進化のプロセスを歩んできていた地球上の生物たちは、ばたばたと死んでいく。

続いて、落下地点からたちあがった無限の土埃りが、大気に混じって地球上をすっぽりと包み、陽光を完全に遮断し、地球を急速に冷やしていく。地上は適温をたちまち通りすぎ、両極を中心に、氷が支配を始める。食料の不足、酸素の不足で弱っていた生物に、低温が追い打ちをかけ、ついに生き残っていた生物の大部分を凍死させる。

こういう大事件が、過去の地球上に実際に起こっていることは、地質学者たちの調査報告に読むことができる。地質学者は事件の痕跡を報告し、これが何故起こったかは考えないが、こうした天変地異的なできごとが、小惑星の衝突によって引き起こされた可能性は、充分に蓋然性が高いものとしてある。

こうした宇宙規模の大事件には、われわれホモサピエンスは、そのあまりに短い進化の時間ゆえに、出遭った確率が低い。しかし二億三千万年という途方もない進化の時間軸を持つ恐竜たちならば、こういう宇宙現象に遭遇した確率は充分にある。

この衝突が、自転の方向に対立する浅い角度のものであったなら、この事件が地球の自転速度を瞬時に遅くした可能性は充分にある。すると高温化、岩石落下、酸素不足、続く低温化、こうした恐ろしい一連の出来事以上の悲劇が、たちまちにして地上の生物たちを襲ったはずである。遠心力の激減による引力の増加である。

これは自身の体重の増加を引き起こす。それまでの地球の自転の速度がもしも木星なみのものであったなら、地上の生物たちの体重は一挙に倍増する。そうなると、これまで細かく述べてきた通り、草食の巨大恐竜はその長い首を持ちあげられなくなり、ティラノサウルスは地上に倒れ込んで、二度と立てなくなる。

横たわった彼らの心臓を、重さが倍になった内臓群が折り重なり、停止させる。引力の少なさから、それまで自由に離陸し、大空を旋回していた始祖鳥も、巨大翼竜も、二度と地上から飛びたてなくなる。巨大な彼らは、一頭残らず地上に倒れ伏して、小惑星衝突の日は、即日滅びの日となる。

それまでの地球の自転速度が、もしも木星なみに速ければ、遠心力が地球の引力を打ち消して、赤道に向かうほどに彼らの体重は軽くなる。この仮説以外に、これまで述べてきた恐竜という不可解な超重量巨大生物を地上に君臨させ、生き延びさせていく道はない。巨大恐竜の化石が大量に出る地域は、そこが二億年前の赤道周辺であった可能性が高い。

そういう低引力地帯で、巨大なアパトサウルスは十三メートルもの長い首を前方に伸ばしたまま生涯を送り、軽々と歩き廻っては、木々の間から長い首を差し入れて、森林の奥の葉をあさって食べた。ティラノサウルスはその二本の足で軽快に地上を疾走し、犠牲者に追いすがれば、最後の一撃はカンガルー・ジャンプによって上空から覆いかぶさり、絶命させた。始祖鳥も、巨大翼竜も、楽々と離陸し、大空を飛び廻っていた。

小惑星衝突により、地球の自転速度が急激に落ちた日、強い遠心力は消滅し、地球の引力は突如激増した。彼らの体重は激増して、巨大な彼らは地上に倒れ伏し、恐竜の天下は、一日にして終焉した。

6

他天体衝突による恐竜絶滅によってはじめて、哺乳類は最高知性、ホモサピエンスに向けた歩みを開始できたといってよい。哺乳類は、恐竜とほぼ時期を同じくしてこの地球上に誕生しているが、ずっと肉食恐竜の食料として暮らしてきたと言っても過言ではない。旧約聖書的なもの言いをするなら、哺乳類は肉食恐竜たちの食料として、神がこの地上に創りたもうた下等な生物のひとつであった。

恐竜と哺乳類がともに生きた中生代は、極端な低酸素の時代であった。ゆえに地球生物たちは、さまざまな工夫によって体のしくみを変え、生き延びてきた。水中に生きた魚の一部は、水が含む酸素の摂取だけでは危険なので、浮袋を肺に変化させ、水上に口を出して空気から肺呼吸をした。

まだ証明はできていないが、恐竜は第二の肺を、肺の付近に発達させ、同一の呼吸回数でも、酸素の獲得速度を倍増させたと私は考えている。でなければ、たとえ引力が低くとも、あの巨体の維持はむずかしい。

一方哺乳類は、横隔膜と呼ばれる呼吸を助ける大型の膜を肺の後方、直立するようになってからは下部に発達させた。しかしこのメカニズムは、単なる押し出しと吸引の後押し機能にすぎず、効率のみを見れば、恐竜の直接的な第二肺システムの方に、一日の長があったはずだ。

恐竜の最大進化のひとつは、完全な直立は無理でも、二足歩行を始めたことだ。骨盤から直角に伸びた大型の後足が、これを可能にした。これは猿類より、恐竜たちの方が早かった。

翼を獲得し、空を飛びはじめたのも恐竜が先であった。始祖鳥や翼竜が、もしも羽ばたいて自力離陸ができたのであれば、二十世紀の今も、未だに滑空しかできていない飛行哺乳類に、遥かに先んじるものであった。

戦闘力に関しては、比較にもならなかった。肉食竜の牙の鋭さ、咀嚼のための筋肉力、全身を覆う運動の筋肉に関しても、哺乳類は恐竜族より遥かに貧弱で、大型化は不可能だった。

哺乳動物に唯一進んでいたものがあるとすれば、それは子育てのメカニズムで、卵生を捨て、体内に胎盤を獲得、発達させ、一定の成長段階まで胎児を体内で育てる機能を獲得した。これにより母親は、外敵からわが子を守る最良の手段を獲得した。

なにより胎盤による子宮内保育は、低酸素の時代に危険な自然の中に卵を放置し、殻を通して胎児に呼吸させるより、酸素の摂取が遥かに有効で、安全であった。この道を採った哺乳類は、有胎盤類と呼ばれる。

外部の腹部に、胎児を入れる袋を獲得した哺乳類もいた。母親は未熟で無防備なかたちで胎児を生み落とすけれども、すぐに自身の腹の袋に子を格納し、持ち歩くという方法で、外敵からの保護上これも有効で、次善の策であった。こういう哺乳類は、有袋類と呼ばれる。

しかし双方の機能はともに革新的ではあっても、それは弱者ゆえの進歩で、強者恐竜には不要のものであった。弱者であったがため、種保存のために哺乳類は、胎生を獲得せざるを得なかった。とりわけジュラ紀以降の恐竜の強さは圧倒的で、哺乳類は、自身もその卵も、いとも簡単に恐竜たちの食料にされつづけ、抵抗するすべを持たなかった。反撃不能の強者への防御の思いが、こうした進化を呼んだ。恐竜はそれほどに、地球の王者であった。

それが他天体の衝突による環境の激変で、事態は一変した。大型の恐竜類は、肉食、草食を問わず絶滅、一頭残らず地上から消えた。これには翼竜も、首長の水中竜も含まれる。彼らの食料として生まれついた哺乳類は、一夜にして天敵がいなくなり、思いがけず独立自尊の日が訪れた。こうして哺乳類は、恐竜族に代わる地上の王者候補の、末席につくことが許された。

一定ゾーン内の体温保持という哺乳動物の機能は、もともとは敏捷な運動を可能にするための戦略であったが、大型化していく進化過程において、これが最良の選択であることが徐々に顕在化した。三十数度が常温という好条件がなければ、脳も高次能力の安定化がむずかしい。加えて機敏な運動能力は、哺乳類に肉食という高効率の栄養摂取を可能にしたが、他動物の骨髄摂取がなければ、脳の大型化は許されなかったとする説が台頭している。

卵生の非効率を脱した有胎盤類の出現、また有袋類の育児も、繁殖に高効率をもたらしたが、なによりも哺乳類の特技、母親が子供に乳という高栄養剤を飲ませる行為は、低温時、あるいは食料の不足時、きわめて有効な種保存の方法になった。強者ゆえ、恐竜族はこういう能力も持たなかった。

小惑星衝突による混乱も次第におさまり、自転速度とのかねあいで重力が今日のものに安定すると、それを待ちかねたように、植物が繁茂を開始した。超大型草食恐竜という並はずれた大食漢が消えたことで、植物の生育と増殖の速度はあがり、地上の酸素量が徐々に上昇した。

同時に植物は猛然と進化を開始して、裸子植物から被子植物へ、そして花という、昆虫へのきわめて有効な吸引手段を獲得した。花は芳香と蜜を用意して昆虫類を呼び寄せはじめ、これを報酬として種の拡散をはかるという戦略は、みるみる功を奏して、植物とその花は、目覚ましい速度で地上を覆い、緑化するようになった。

花は多様化という進化を進め、多様化は昆虫への報酬の多様化も意味したので、これに呼応して昆虫類も爆発的に多様化していき、それは昆虫を食料とする哺乳類にも爆発的な多様化と増殖をもたらした。多様化した哺乳類は、それぞれの種が競うように、より高度な知性体へのレースを開始したのだが、恐竜という大食漢が消えることで、彼らの進化の時間も保証された。

生物界全体の進化のレースにおいて、哺乳類が次第に優位に立っていく過程が顕在化し、最終勝利に最も有望な哺乳動物、猿類が、ついにアフリカ大陸に登場した。チンパンジー、ゴリラは、現在もアフリカ大陸にのみ生息している。この事実は、この大陸が終始ヒト類生物揺籃のベッドであり続けた史実を語る。ホモサピエンスは、チンパンジーやゴリラと、共通の祖先から枝分かれしているからだ。

アフリカ大陸において、人間の祖先が、チンパンジーとの共通の祖先から枝分かれしたのは、およそ七百万年の昔といわれている。しかしこの生物を、人類の始祖と呼べるか否かは微妙である。この大陸に誕生したわれわれの最初の祖先は、四百万年昔の「猿人」である。アウストラロピテクスと呼ばれる彼らは、かろうじて二足歩行をしたが、脳の容量は五百ミリリットル、チンパンジーとほぼ同量であった。

それから二百万年という時間が経過し、約二百万年昔にやはりアフリカ大陸で誕生したヒト型の生物が「原人」である。彼らの脳の容量は、倍増して千ミリリットルとなっており、石器を使いはじめた痕跡がある。彼らは遠距離移動のための強力な脚力も獲得していて、アフリカを出て東に向かい、東南アジアに定着してジャワ原人となって繁栄、今日のインドネシア人の祖先になったと考えられている。

約五十万年昔にアフリカ大陸で誕生した人型の生物が「旧人」と呼ばれる者たちである。彼らもまたアフリカ大陸を出て北上、西に折れてヨーロッパに侵入、この地に定着してネアンデルタール人になった。彼らの脳の容量は千三百ミリリットル、われわれと大差はなく、火を用い、石器を使い、初期的な道具の考案も始めている。彼らが現在の欧州人の祖先の一部になり、アフリカ原住民の祖先ともなったと考える研究者は、かなりの数存在する。

約二十万年昔にアフリカ大陸に誕生したヒト型の生物が「新人」で、彼らこそ、今日のわれわれにつながる直接の祖先になる。ホモサピエンスと呼ばれる彼らの脳の容量は、われわれと同じ千五百ミリリットルで、知性もわれわれと同等、遜色はない。教えれば、自動車の運転もこなすと思われる。火を使い、各種の道具を工夫し、原始的な芸術を創りだし、歌も歌うようになった。この歌が、次第に今日の言語に整理されていったと自分は考えている。

まだ市民権は得ていないが、私は現在の人類は、世界中のどの民族も、一人残らずこのホモサピエンスの分派であると考えている。「旧人」や「原人」が世界の辺境の地で別個に進化していったと考えるには、世界に散らばる各人種の内臓や、骨格構造は似すぎている。とりわけ、言語を話すのに必要な舌部後方、咽頭部の共鳴空洞は、「新人」と「旧人」とでは容量に差があり、「旧人」は言語を話せたとしても、微妙な発音の差異が作れず、「新人」とでは持つ語彙の量に差が生じると考えられる。

世界中の各人種、内臓機能や構造は、みなすっかり同じと見做してよい。肌の色や目の大きさの相違は、生活環境に適応すべく妥協進化する過程で生じたものであり、もともとの種は完全に同一であると考える方が、各局面の問題点をよく説明する。

世界各地に散らばるヒトは、高層ビルの大都会に暮らそうと、森林の奥地の洞窟に暮らそうと、そのルーツをよくたどっていけば、すべてアフリカで誕生したホモサピエンスという新型のヒト類一種に収斂《しゅうれん》するはずである。こういう考え方は、ヒトラーのナチ等に典型的に見る、人種間に優劣が存在するとする主張に具合が悪いので、もっか政治的に忌避されているにすぎない。

多くの研究家たちはすでに気づいている。北京原人やジャワ原人、ネアンデルタール人の骨格構造や内臓の構造は、最も原始的な狩猟採取の生活を送るタンザニアのアフリカ原住民とも違いすぎている。アフリカ原住民の内臓や骨格は、どう色眼鏡をかけて見ようとも、われわれと同じものである。

その知性の相違は教育環境によって後天的に生じたもので、思考の質はわれわれと同じで、腕力や戦闘の能力においても、芸術鑑賞や歌唱の能力においても、人種間に大差はない。われわれはすべて、六万年程度以前にアフリカ大陸を出発、世界各地に散っていったホモサピエンスというただ一種類のヒト種である。

猿族と人間との差異点は何か。進化におけるいつの時点から、ヒトの祖先をヒトと呼んでよいのか、という命題には、すでにはっきりとした結論が出ている。猿族から枝分かれした一部猿類が、直立二足歩行を始めた時点からである。この瞬間、その特異な猿類は猿族仲間から離れ、ヒトに向かった。こういう彼らは、「猿人」と呼ばれてよい。

直立二足歩行が定着安定し、骨格構造がそれ用に変化して、頸椎に乗った頭骨の視線が、背骨の垂直線と直角を成して、前方を向くようになった、この前方視線が、骨格上、ヒトの祖先たるの条件である。直立二足歩行をしている生物の頭骨なら、チンパンジーの頸椎の上に載せれば、視線は下を向いてしまう。チンパンジーの場合、四足歩行の前傾姿勢の骨格のまま、頭骨の視線は前方を向く。ヒトと猿の相違は、この一点である。「猿人」が直立姿勢を選択し、そのまま二足歩行を開始した理由は、いくつもの推測が挙げられており、各種の仮説に発展している。天敵の襲来や、遠方の獲物動物を探すため、遠くを見ようとして後足で立ちあがったとするもの。あり得ることである。

アフリカの熱さを避けるため、直射日光を受ける身体の面積を減らそうとして立ちあがったとする説。四足歩行では、背中や頭頂部、後頭部全体に陽射しを浴びる。これはアフリカの黒人が、強烈な直射日光による皮膚癌の発症を防ぐため、肌にメラニン色素を増やして日よけ効果を作り、細胞や血管に受ける陽射しのダメージを軽減したとする説とも呼応して、それなりの説得力を発揮する。

異性に贈り物をし、求愛行動を有利に展開するために立った、とする説。つまり立ちあがることで両手を自由にし、周囲に贈り物を物色し、これを両手に持ち、異性のところまで運んだとする。

あるいはこれらの総合であろうが、恐竜の項で述べてきたこの地球上の最大の問題点について、これらの発想は無力である。猿族から分岐したヒトの脳の容量は、ホモサピエンスにいたって千五百ミリリットルと当初の三倍に大型化し、重くなったからヒトは立ちあがった——。これが、今稿で自分が述べたい問題点を最もよく表現する。

四足歩行や、チンパンジー式の前傾姿勢では、大きくなり、重くなった脳は頸椎に負担をかけすぎる。そこで完全な直立姿勢を為し、体の垂直線上に脳が位置するよう、日常姿勢の転換をはかる以外になかった、というのが自分の考えである。

進化の果てに大型の脳を獲得し、これによってヒトという最高知性生物が地球上に誕生し得たが、そのまま生存を続けていくには、地球という惑星の地表は、引力が強すぎたというのが、自分の到達した結論である。

他天体衝突事件により、強敵の消失、食料の多様化、酸素の増加など、好条件が次第に整い、哺乳類は地球上の支配者へ向かうことを許されたが、引力の点では、この惑星の環境は、高等知性を持たない、つまり重い大型の脳を持たない、小生物群に適したものとなってしまった。生物を発生させ、最高知性に向かって進化のレースを開始させた時点までは造物主の意志は正しく、終着までをよく見通していたのだが、小惑星衝突により、生命創造とその完成という当初のシナリオは、修正不能の計算違いを生じて、そのゴールは遠のき、消えてしまった。

最高知性生物には大型の脳が必要であり、そのためにはある程度大型の体も、これを支えるために必要となる。これがゴールする者の姿だった。ところが小惑星衝突で、地球上というこの進化の舞台は、造物主が想定していた最高知性生物を、載せきれないものになってしまった。この強い引力下、大型にすぎる脳を抱えたホモサピエンスは、恐竜とも似た身体構造上の無理を抱え込んでしまい、長寿生物にはなり得ない宿命を負った。

四足歩行をしていた猿族時代の名残で、ホモサピエンスの腰椎、つまり背骨の最下端は、骨盤から真上に向かって生えていない。どうしても若干前方に傾いて出発する。したがって腰椎は、上方に向かうにつれて徐々に上向き、つまり腰椎全体は弓なりに反って背骨になり、これがいくぶんか反りすぎてのち、胸部でまた少し前傾に戻して頸椎に接続、頭骨を載せる。すなわち真横から見れば、全体でSの字を描いている。

二足歩行ホモサピエンスは、このS字構造の背骨によって、総体的にクッション効果を作っている。身長一メートル程度の「猿人」段階では、この構造はさほど顕著ではなかったが、身長が伸び、最終的にホモサピエンスに到達して、背骨はこうしたS字バネ傾向をはっきりと見せた。

しかし後天的に直立姿勢を選択した無理で、ホモサピエンスは腰椎の病気を、宿命的に抱えた。脳と頭骨を頂上とする上方からの荷重で、ヒトは腰椎の途中の骨が二、三個前方に滑り出し、「腰椎滑り症」と呼ばれる激痛をともなう病を時に起こす。腰椎間でクッションの役割を果たす軟骨、「椎間板」がつぶれて後方に飛び出し、神経に触れて激痛の病を起こしもする。

これは大型の重い脳を持つがゆえに、直立二足歩行という態様を選択せざるを得なかった奇形的な高等生物に対し、現在の地球の引力は強すぎることを示している。この惑星の上では、生物は四足形態を取ることが自然で、体重が八、九十キログラム程度の後天的直立二足歩行生物の骨格には、引力は現在の八十パーセント程度が適当と考えられる。ホモサピエンスは、この惑星の住人としては、不適応者というほかない。

このためにゴリラは、腰椎の数を人間よりひとつ減らして四つにし、安定を獲得している。将来想定される完全直立に備えた進化選択である。しかし彼らは、これによって柔軟に腰をねじることはもうできない。

しかし直立二足歩行生物にとって、地球の引力が作る最大の危険は、骨ではない。内臓である。これはもともと腹が地面と平行な四足動物のために発達したものだから、大腸などは、引力に逆らって消化物を上方に押し上げるプロセスを抱えてしまった。生活態様や個人差により、内臓が下方に落ちてしまう個体が出てくる。胃下垂等は典型だが、下方の臓器が骨盤の中に落ち込み、集中してしまう。しかしこれら以上の問題点が、出産行為である。

ホモサピエンスの女性の骨盤は、男性より大きく、その中心部には、哺乳動物の例にもれず大きな穴が開いているが、これは出産のためだ。妊娠が経過して出産の時期を迎えると、胎児は子宮を出て、この骨盤中央の穴を抜け、両足の間の開口部から社会に登場する。これは有胎盤類の生物のすべてが行っている、種族維持のための増殖行為である。

四足の動物のメスは、すべてこの行為のための充分な開口部を、骨盤中央に持っている。現在のゴリラ、チンパンジーも頻繁に直立姿勢をとるが、彼らのメスもまた、充分な開口部をその骨盤中央に持っている。

ところが最高知性生物、ホモサピエンスの場合のみ、骨盤開口部の大きさが不充分で、胎児を通すことがむずかしい。ゆえにホモサピエンスの女性だけは、他動物と比較して出産が常に難産となる。最高知性生物は、その知的完成とともに、すべての生物のうちで最も出産がむずかしい体を持つ、という事態にも到達した。

理由は、中途半端な前傾姿勢を捨て、完全な直立姿勢と、そのままの二足歩行を選択したがためである。脳から背骨を通す線を、地球中心に向ける垂直線としたため、この線分は子宮と、その下方の開口部をも通ることになって、胎児に限らず、彼女らの内臓もまた、開口部から下に落ちる危険にさらされることになった。

このためホモサピエンスは、これを避ける工夫も余儀なくされ、身長を上方に伸ばしていく進化過程において、骨盤の中央の穴を、可能な限り小さくしていくほかはなかった。そうしないと、引力が強力化したこの星の上での生活は、危険だからである。そして下部の筋肉を発達させ、下方からよく支え、ふさぐようにした。

ホモサピエンスの骨盤に較べれば、チンパンジーのメスの骨盤開口部はずっと大きく、前方から見て前後に縦長の穴を持ち、出産というむずかしい行為に適合している。一方ホモサピエンスの女性の骨盤開口部は、不自然な横長形状になっており、きわめて狭い。これは格別左右方向からの圧力に堪える骨構造にして、二本の足のみに依存する全力走行や、両足をふんばって行うさまざまな力仕事を、可能にするためと思われる。

このため、進化のゴールに位置する高等生物は、ひどい難産を慢性的に抱えることになった。ホモサピエンスである限り、どのような女性も、この難産という運命からは逃れることができない。ヒトの女性の骨盤開口部は、胎児の肩は通るが、自然な姿勢では頭部は通せない。そこで介助者が意図的に胎児の顔を横に向かせ、まず頭を通してのち、姿勢を戻して肩を通すというアクロバットを演じさせなくてはならない。

こうした処置には経験がいる。胎児が逆児《さかご》姿勢を取っていた場合や、へその緒が絡まっていた際には、さらに高い技術が必要となる。これはすなわちホモサピエンスのみは、出産の際に経験者の介助を必ず必要とするということで、単独での出産は、基本的にできなくなったことを意味する。胎児に狭い骨盤の中央部を通過させるためには、こうした事情への正確な理解と、少なくない経験を持つ協力者の介護が必要となる。

バーナード・コイ・ストレッチャー

7

論文を読み終わったロンが、ウィリーをともなって、ジョージタウン大のキャンパスにあるグレゴリー・ブレイズの住まいを訪ねると、彼はこちらに背を向けて、キッチンで洗い物をしていた。

「もう読まれましたか？　紀要」

彼は顔をこちらに向けて、訊いてきた。

「三回ほどね」

ロンは応えた。

「ウィリー・マクグレィには、もうお会いになっていますね？」

後方のウィリーをしめして訊いた。

「やあ、調子はどうです？」

ウィリーが、ロンの肩越しに声をかけた。

「パスタを作って食べたばかりでね、満腹です。ああもちろんです。よく憶えていますよ」

グレゴリーは答えた。

「あっちで待っていてください、今コーヒーを……」

「どうぞお気遣いなく」

ロンは言った。

「いや、私が飲みたいんです。あちらのソファで」

それでロンは心得、奥の応接セットに向かった。ウィリーも続いた。

ソファに並んで腰をおろし、脱いだ帽子は横に置いた。ウィリーもそうした。

窓の外を見ると、もうすっかり陽が落ちたので、表に広がっているはずの芝生や、その上を歩いていた学生の姿などは見えなかった。

「もう読んだか？」

ウィリーが、グレゴリーからあずかった紀要をテーブルの上に置いたのを見て、ロンは横の同僚に尋ねた。

「最後が重要と君から聞いたので、後半の数ページばかりは読んだ。それでは不充分か？」

ロンはしばらく考えたが、判断はできなかった。それで言った。

「どう思った」

するとウィリーは両手を広げ、しばらく宙を見た。それから視線をおろし、言う。

「俺には解らない、何故重要なのか。これがどうかしたか？」

ロンは、ちょっと驚いた。しかしこれが一般的な感想というものかもしれない。論文の文章は硬く、とっつきが悪い。目で追っていても、訴えている内容が、なかなか頭に入ってこない。

「地球の重力というものは、曲者だと言っている。これを書いた人間がだ。前半は読んでいないか？」

「まったく」

ウィリーは首を左右に振った。

「恐竜はあり得ないというんだ、この地球上にはな。存在し得ない」

「いるじゃないか。化石がある、博物館に。あれは嘘か？」

「あるな」

ロンは言った。

「あれはみんな偽物か？　ペテンか？」

「さあな。ティラノサウルスという恐竜の名は？」

「聞いたことはある」

「体重が推定五トンもある。これは象と同じだ。ウィリー、まさか象という動物を知らないとは言わないだろう」

「まだ見たことはないがな」

「動物園に行かなかったのか？ 小学校のフィールド・トリップで」

「アイスクリームの喰いすぎで、腹を下したんだ。その日は家で寝ていた」

「どんな動物かは知っているだろう？ 写真で。象の体重も五トンで、これを四本の太い足で支えている。そしてこの四本で、五トンの巨体を運ぶ。のそのそとな。そうだろう？」

「ああ」

「同じ五トンでも、ティラノサウルスは二本足だ、しかも細い。これでは走るどころか、歩くこともむずかしく、立っているのがやっとだったろうと、この論文は言っている」

「ふうん、なるほど。骨が違っていたとか」

「恐竜の骨がか？ 鋼鉄でできていたっていうのか？」

「そうは言わないが、昔は材料が違っていた……」

「リン酸カルシウム、同じだ。しかもこの恐竜は肉食だ。こんなにのろまでは、獲物に全部逃げられる。毎日腹ペコで、餓死がいいところだ。到底肉食生活は送れない」

「どうして肉食だと解る？」

「糞の化石からだ。中から小動物の骨が出てくる」

「だが、それがティラノサウルスのものだとどうして解る」

ロンは言葉に詰まった。

「さあどうだ」

ウィリーは勝ち誇って言った。

「フレディ・トラザスの気持ちが解る」

ロンは言った。

「おい、俺に殴りかかるなよ」

「書いたやつに訊け、俺が答える義務はない。今からでも、これを書いた人間に会いにいく。彼が居場所を知っていればだが」

ロンがキッチンの方角を指差した。

「逮捕状は取ったのか？」

「この論文だけでは無理だ。まず話を聞く。もしかすると、捕り物になるかもしれん、覚悟しとけ」

「恐竜がどうしたのだ？　女のあそこをえぐるのと、どう関係がある」

「俺たち人間は、学名をホモサピエンスという。知っているか？」

「いや」

ウィリーが言って、また首を左右に振ったから、ロンは驚いた。

「学校で教わらなかったか？　生物学の時間も腹を下していたのか」

「ホモがどうしたんだ」

「われわれの祖先が直立二足歩行を始めて、こういう選択は、強い引力を持つこの星の上ではきわめて危険なことだったと、この論文の筆者は言っている」

「何故」

「女性の骨盤は、男のそれより大きく、中央に穴が開いている」

「そうなのか？」

「そうだ。アレックスも言ったろう、底に穴の開いたサラダボウルだと。出産時、赤児を通すためだ。さらにその下に、出産時のための開口部がある。知っているか？」

「開口部？　本当か!?」

ウィリーは真剣な顔を作って訊く。ロンは苦笑して言う。

「解った、解った。直立し、その姿勢のまま歩いたり走ったりすれば、この赤児の通り道から、内臓が下に落ちる危険が生じる。われわれホモサピエンスは、そういう危険な選択をしたんだ」

ウィリーはしばらく黙って考えた。それから言う。

「男はいいんだな？」

「開口部がないからな」

「だが、女性たちの誰も、そんな目にはあっていない」

「それは骨盤の穴を少しずつ小さくするようにして、今日まで進化してきたからだ。内臓が落ちないように、狭くするようにな。チンパンジーは、この骨盤の穴が人間よりずっと大きい。だから彼らは今も、落ちる危険がある。それで連中は、内臓が落下しないように、ずっと前傾姿勢を保って行動し、しっかりと直立はしないようにしている」

「おい、それは本当のことか？」

「そして人類は、この開口部を押さえる筋肉を発達させて、下からしっかり支えるように進化したんだ。本当だ」

「つまり……、何が言いたい？」

「この惑星の上では、ホモサピエンスの直立二足歩行は危険な選択だったってことだ。引力が強すぎるから」

「だが、二足歩行するしかなかったろう」

ウィリーは言った。

「どうしてだ?」

「どうしてって……、四つん這いで地下鉄に乗れるか? どうやって改札を通る。四つん這いでどうやって自動車を運転する。署の連中がみんな四足で歩きはじめてみろ、フロアが狭くてたまらない」

「そりゃ、俺たちの二足歩行と、直立姿勢に合わせて作った社会だからだ。もしも四足だったらもっと違う形状の建物、違う形状の地下鉄改札、違う格好の自動車を作ったろうよ」

「そんな自動車には乗りたくない、前足でアクセル踏むのか。四足に自動車が作れるものか。自動車工場のワーカーたちもみんな四足なんだぞ。犬が自動車を作れるか?」

「それが先入観というものだ」

「歩くことに手を使っているんだぞ。その前足で、何かを摑めるわけがないだろう」

ウィリーは、かたわらの帽子を手に取った。

「四足ではこの帽子もかぶれない。お袋が飼っている犬は、いつも下を向いている。食い物を探して」

「それじゃ、帽子は落ちるな」

「そうだ、どうしてくれる」

「髪を失った人間も困るな」

「帽子屋もだ。さあどうしてくれる」

「帽子くらいあきらめろ、内臓が地面に落ちるよりはいい」

「はっ」

「それこそが、猿人が立ちあがった理由だ。手を自由にして、ものを摑みたかったんだ。そして長い長い時間が経過して、道具が生まれ、街が生まれ、自動車が生まれた。おまえの帽子もな。すべて、手が自由になったからだ」

「犯罪も、殺人もか」

「ああそうだ、そして俺たち警察もな。自由になった手で、仲間を絞め殺した。そして大きく賢くなった頭で、その隠蔽も考えるようになった」

「内臓が下に落ちるなんてな、冗談じゃない、あるものか」

「だからあんなことしたんじゃないのか？」

「あ？　何だと？」

ウィリーが言った。

「君のように言う者が多いからな。みんなそう言うから、女の死体をぶら下げて、開口部周囲の筋肉を切っておけば、直立した哺乳類のメスの内臓は下に落ちると。それを証明したかったんじゃないのか？」

ウィリーは、ようやく事態を理解したように、沈黙した。

「ポーラ・デントンのケースか？」

「そうだ、地球の引力はそれほど強いと。ポーラの場合は、開口部の周囲を円状に切っておいたんだ、そうしたら……」

「そうしたら……？」

「どうだった？　君も見たろう。結果はあの通りだ。内臓が下におりていた」

ウィリーは腕を組んだ。

「……引力のせいで」

「そうだ、引力のせいで」

「じゃ、リズ・アウステルリッツは」

「ポーラの実験で、開口部周囲を円状に切れば、予想通り内臓は落下すると解った。では、切り込みは入れないが、ホモサピエンスがチンパンジーなみに骨盤の開口部が大きかったらどうなるのか、そういう第二の実験を行ったのだ」

ウィリーは絶句していた。

「そうしたら、切り込みなんか入れなくとも、内臓はせり出し、落下してくるのではないかと。そういう実験だ」

「誰が」

「犯人だな」

「犯人とは誰だ」

「この論文の筆者の可能性がある」

「名前は」

「バーナード・コイ・ストレッチャーと、ここに書いてあるな、見たろう？」

ロンは、紀要を示した。

「バーナード・コイ……、なんてやつだ、人類に対する冒瀆だ」

「ま、そういう感想は正常なものだろう」

「じゃ、ともかく、彼の実験は失敗したな」

ウィリーは言った。

「どうして」

「内臓はおりていなかった、リズの場合」

「それは、われわれがすぐに発見してしまったからだ。リズの体が、もしも一日中ぶら下がっていたら、解らないぞ、どうなったか。案外おりていたかもしれん」

ウィリーは黙った。まったく予想もしていなかった回答に直面したからだ。感想の言葉を失っている。

「君も知りたいのか、結果を」

ウィリーが訊いてきた。

「まあ、この論文の趣旨を知ってしまった今は、多少はな。この筆者は、造物主たる神は、生物の進化と人類の登場を、前の引力下で想定していたんだと」

「前の引力下？」

「ああ、恐竜なんて重量物が存在し得た引力下だ」

「恐竜が存在し得た？」

「そうだ。この人物は、地球の引力は変化したと主張しているんだ」

「地球の重力が変化したって？」

言いながら、ウィリーは顔をゆがめた。

「いったい全体何を言いだしてる」

そして、頭を大きく左右に振った。

「俺たちは生物学の研究家じゃない、単なるデカだ。こういう話にゃ向いてないな」

ロンは言った。

「Mストリートのアパートに殺人犯がいる、どうやって襲って、どうやって逮捕するか、そんな話に向いた脳みそだ。おまえと話していると、つくづくそう思うぜ」

そこへ、コーヒーカップを三つトレーに載せた、グレゴリーが入ってきた。

「お待たせしました、コーヒーです」

グレゴリーは言った。

「おお、ありがとうございます」

ロンは応じた。

「砂糖とミルクは要りますか？」

立ったままで訊く。

「要りません」

刑事二人が声を揃え、グレゴリーはそれでようやく安心したように、二人の刑事の前のソファに腰をおろした。

「この論文、重力論文と言いましたか、これを書いたバーナード・コイ・ストレッチャーという人物ですが……」

尻を少し前進させ、ロンがせっかちに問う。

「はい」

「ご存知の人ですか？」

「いえ。しかし、少し調べました。現在は生物学部ですが、以前は医学部に在籍していたようです。転部したようですね」

「顔は、見れば解りますか？」

コーヒーをすすりながら、ロンが尋ねた。

「はい。どんな人物か興味があったので、名簿を当たって、それから、それとなく教授にも学生にも尋ねて、探し当てました。だから顔は、憶えています」

「学生ですか？」

「大学院の学生です」

「どんなふうです、彼の人となりは？」

「周囲の人間たちの評価も、また私自身もそう感じましたが、きわめておとなしい男です。もの静かで、おとなしくて、私が見た限りでは、誰かとしゃべっているところを見たことがありません。いつも静かに、一人で本を読んでいます。本の虫というふうに見えます」

「犯罪者ふうの外貌ですか？　屈強な体つきをしているとか、マシンガン・ギャングたちのような、いかにも悪そうな顔だちではありませんか？」

これはウィリーが訊いた。グレゴリーは、即座に首を左右に振った。

「全然そんな印象ではないです。きわめてのっぽで、いつも、ちょっと前かがみでのその歩いて、痩せています」

「眼鏡は？」

「かけていませんね」

「この紀要は……」

言いながら、ロンはテーブルの上の小冊子を手に取った。

「参考になりましたか？」

コーヒーをすすりながら、グレゴリーが尋ねてくる。

「きわめてね」

ロンは言ってから、身を乗り出した。

「どうしてこの論文を？」

「それはたまたまです。探す気分はありましたが、生物学の教室で出している紀要を、たまたま図書館で見たんです。読んでいて、おやと思ったんです」

「ほう。それはどういう……」

「ですから、ホモサピエンスの直立二足歩行の選択と、引力との関係です」

「うん、そうですね」

ロンは満足してうなずいた。

「私は腰の持病があって、それで特にね、なるほどと思ったんです」

「ふむ」

「哺乳類の出産は、もともと横方向になされるものでした。それが自然です、地球上の生き物としては」

「うん、そうですね。だから犬は安産だといわれる。骨盤の中央の穴を、赤児の体が楽に通る。チンパンジーは斜めだが、これはまだ横方向、つまり四足時代の名残を残しているということでしょう」

「そう。赤児が横方向に通るのなら、産道も、骨盤中央の穴も、出産用の開口部も、みんな大きくても問題はない。すると安産になる。ところが、直立二足歩行という行動形態を選択してしまったわれわれ人類は、ほかの哺乳類とは違って上から下へ、垂直方向に子供を生み落とすことになってしまった。だから赤児だけではなく、自身の内臓も落下する危険を抱えてしまった」

ロンはうなずき、言った。

「そう、だから骨盤などの開口部を、せばめていく選択をした」

「この著者は、恐竜が生きていた時代の引力なら、ホモサピエンスの直立も問題なかったけれど、恐竜が立ち行かなくなるほどに地球の引力が増大したので、進化した猿に直立させるという神の計画は、当初のものからは狂ったんだと、そう主張しているわけです」

「うん、私もそう読みました」

ロンは同意した。

「だから、人間はさまざまな病気も抱えることになった。椎間板ヘルニアとか、胃下垂とかね、私のように」

グレゴリーは苦笑して言った。

「だから女性の死体を使って実験をした、開口部周囲の筋肉を切ってしまうと、内臓は自然落下するのか。あるいは、開口部周囲を切らなくとも、進化の過程で小さくした骨盤中央の穴を、チンパンジーなみに、つまりもともと持っていたくらいに大きくしておいたらどうなるのか、そういう実験です」

ロンは言った。グレゴリーはうなずいている。

「住所は解りますか？　このバーナード・コイの」

「まだ解りませんが、学生課で調べられるでしょう」

「お願いできますか」

「明日には。犯人でしょうか？　彼は」

「解りませんが、可能性はある。少なくとも重要参考人です」

「急ぎたいですか？」

「それはできることなら」

「では図書館と続きのサロンに行ってみますか？　図書フロアは閉まるが、サロンは開いている。バーナードは、よくそこで借りだした本を読んでいました。ここなら、遅くまでいられるんです。深夜まででも」

ロンは、顔色を変えた。

「では今も？」

「解りません。でも可能性はある、いるかもしれません」

ロンは即座に立った。ウィリーも続いた。

「案内していただけますか？」

それでグレゴリーも、ゆるゆると立ちあがった。

8

グレゴリーに案内され、刑事二人は、石造りの古風な建物に入った。三階建てで、各階すべて図書フロアになっており、サロンはその二階にあった。彫刻のついた、骨董品ふうの木の階段を、三人はゆっくりとあがった。

あがりきり、廊下を少し進んで、グレゴリーはステンドグラスふうのガラスの塡まったドアを、細く開けた。頭だけを入れ、しばらく中を見ていた。そして後方に控えたロンたちに向かって、うなずいて見せた。

「いますか？」

ロンが訊く。グレゴリーはまたうなずく。そしてドアをさらに少し開き、隙間からサロンの一角を指差した。

そこに、手もとだけを照らす、真鍮製のフードのついた明かりがあり、そこに本を置いて読書をしている痩せた男の姿があった。コーデュロイのジャケットを着て、同系色のズボンを穿いている。かたわらに、灰色の鳥打帽子が置かれていた。

「こいつはついていたな」

ウィリーが小声で言った。

サロン全体は暗い。壁にいくつか、黄色い薄明かりをぼうと放つ照明器具があるばかりで、それも数える程度にしか明かりは入っていない。そしてサロンには、彼のほかに人影はない。

「彼のいつもの席です」

グレゴリーがささやき、ロンの表情が険しくなった。グレゴリーの横を抜け、静かにサロンに入った。それから後方のウィリーに目配せをする。彼もうなずき、グレゴリーの横を抜け、サロンに入ってロンの隣りに立った。後方のグレゴリーを見ると、緊張した顔をしていた。

「ここは何時まで？」

ロンは訊く。

「ここには時間制限はありません。私はここにいます」

とささやく声で言い、とっつきのグリーンのビロードの布が張られた椅子をしめした。そしてゆっくりと腰をおろしはじめる。

ロンはうなずき、また視線をあげて男を見た。しかし男は本を読みふけっており、こちらに気づいたり、注意を払う様子はない。それで静かに歩きだし、男に向かって近づいていった。

　男の席は窓際だった。横には、種類の違うガラスが、凝った模様を作って填まる、やはりステンドグラスふうの窓があった。ここが、彼のお気に入りの席なのだろう。

　男の前には、時代物の木造りのデスクがあって、反対側にも椅子がある。

「ストレッチャーさん？」

　とロンは話しかけた。同僚のその声と同時に、ウィリーは全身の筋肉に力を込めた。瞬間、脱兎のごとくに逃げだそうとする男を、これまでに何度も経験している。そうされても応じられるように、無言で身がまえた。

　男は顔をあげ、一瞬不思議そうな目で、ロンを見た。続いて頭《こうべ》を巡らせ、ウィリーも見た。しかし、表情になんの変化も現れなかった。

　男のやや猫背の体にも緊張が走ることはなく、動作はゆったりとしていた。落ちくぼんだ目の奥に、気弱そうな光がある。やや鷲鼻の細い鼻。手で撫でつけたといったふうの、少し乱れた栗毛。頬はこけ、肌の色は悪く、張りがなかった。

「そ、そうですが」

　彼は、消え入るような小声で応じた。

「バーナード・コイ・ストレッチャーさん？」

ロンは重ねて確認した。男が荒っぽい動きを見せる様子がないので、緊張を解いた様子が声ににじむ。

「そう、そうです」

また彼は、控えめな性格の娘のような、ごく小さな、細い声で言った。それからゆっくりと深くうつむく。

男の声にも態度にも、犯罪者やスポーツマンにあるような力が、微塵も感じられない。爆発的な逃走や、乱闘を開始する予兆がまったくなく、まだ若いはずだが、病を得ている老人のような気弱さが、声や体から発散された。

学者や教師たちによくあるように、体を荒っぽく動かした経験がないから、そのやり方を知らないらしい。ただ椅子にかけ、小声で静かな会話だけをして人生を送ってきた男のような、おどおどした印象。

「ここ、よろしいですか？」

ロンは言って、椅子の背に触れた。バーナードはすると目を伏せ、それにも黙ってうなずいた。あんたは誰で、どういうつもりで自分の目の前にすわろうとするのか、席はほかにいくらもあるではないか。こんな夜更けのサロン、そう問い質《ただ》しても不自然ではなかったはずだ。しかし、不平の声はない。

ロンは椅子にかけた。バーナードは、さすがにその様子を目で追う。ウィリーもまた、ゆっくりと隣りにかけた。窓の外を見れば、眼下には緑のキャンパスが広がっている。芝生のところどころに立つ街灯の明かりで、それが解る。

「気持ちのよい席ですな」

ロンは言った。

「ここなら、読書に身が入るでしょう」

するとバーナードは唇の端を少し持ちあげ、ほほ笑んだが、何も言わない。声を発する元気が失われているようだ。それとも最初から、そんな元気を持ちあわせない男なのか。

「その本は、何をお読みです？」

ロンはずけずけと訊いた。開いていたページに指をはさみ、バーナードは本を閉じて表紙を見せてくれた。その指が、わずかに震えている。

「ガニメデ探検」と表紙にあった。

「ガニメデ探検？　ガニメデとは？」

「木、木星の……」

彼はややどもった。

「え、衛星です」

バーナードは、ようやくのように答えた。その間、終始目は伏せられている。

「ほう、木星の」

ロンは言った。すると沈黙になった。到底それに堪えられないとでもいうように、目を伏せたまま、バーナードは小声で説明を始めた。聞き取りづらく、やや早口だった。

「木星には、たくさんの衛星があると考えられるのですが、じ、実態は、まだよく解っていません。ガリレオ・ガリレイの発見した衛星が四つあって、これらは特にガリレオ衛星と呼ばれています」

「ほう、ガリレオの時代にもね、そんなことができたのですか」

「この四つは、大きいんで、その中でもガニメデは特に大きくて……、水星よりも大きいんです」

次第に背がかがんでいき、顔は終始伏せられ、声がどんどん聞こえづらくなる。

「ほう、水星より」

これにはロンは、実際に驚いた。

「だ、だから、ガリレオ時代の素朴な望遠鏡でも……、発見できたんです」

おどおどした口調で、ようやく彼は説明を終えた。

「なるほど。大きい星が惑星になり、小さい星が衛星になると、そう単純にはいかないのですな？　そうなら解りやすいが」

するとバーナードは、無言で頭を横に振った。

「このガニメデが太陽の周りを廻っていて、太陽系の惑星のひとつであったとしても、不思議はなかったですな」

バーナードはうなずき、

「そうです」

と小声で言った。

ロンは訊いた。

「SF小説ですか？　その本は」

「い、いや、これは、こんなタイトルだけど、ろ、論文です。げ、現在判明しているさまざまなデータをもとに、ひたすら可能性を論じて……」

「あなたの論文も拝読しました。重力論文です」

本題に分け入るタイミングを見つけ、ロンは言った。するとバーナードは、さすがに警戒するように黙った。

「知らないことばかりでね、大変勉強になりましたよ」

ロンは、明るい口調で続けた。

「地球は、過去のある時点で重力が増していると。恐竜たちはそれで滅んだと」

聞きながら、バーナードは沈黙を続けている。

「そういう主張でしたね。いや、驚きましたよ」

そう続けると、バーナードは重い口を開いた。声がわずかにかすれる。

「よ、世に認められる可能性は低い仮説です。しかし……」

ロンはしばらく待った。しかし、続く言葉はなかなか出てこない。

「しかし？」

「理屈上、あれ以外は考えられない」

ロンはうなずいた。肯定は、なかば本心だった。

「私は納得しました。お説に同意ですよ」

励ますようにロンが言うと、バーナードは黙ってうなずいている。ありがとうとも何とも言わなかった。

肉体派ではない、根っからの書斎人だ。だからこういう時の対処の仕方を知らない。むろん警察を相手の、騒ぎの起こし方も知らない。しかしひどい胸騒ぎが、彼の胸の内で渦を巻いていることはあきらかだ。最悪の時がいよいよ迫っていると、彼自身も感じている。ロンにもそれは伝わった。

「地球の歴史の中では、われわれホモサピエンスの歴史など、ほんの一瞬ですからな」

ロンは言った。論文は何回か読み、頭に入っている。

「われわれが登場する以前、宇宙にはさまざまな大事件があったでしょう。地球もそういうものに巻き込まれたはずだ。しかしその段階では、われわれはまだいなかったのだから、体験はできず、それらを歴史として記録することもできない」

言うと、ウィリーが驚いたように目をむいている。

バーナードは、うつむいたままうなずく。そして消え入るような声でこう言いはじめた。

「このガニメデにしても……」

たぶん話したくはないのだろう。しかし強い学問的な興味が生じると、口を開かずにはいられない性分なのだ。根っからの学者肌か、ロンは思いながら、

「はい」

と相槌を打ってやった。

「私は、最初から木星の衛星であったのか、疑問だと思っています」

「というと？」

「太陽系の黎明期、火星と木星との間に位置した惑星かもしれない。それが強烈な引力を持つ木星がたまたま近づいたので、軌道を変えて木星に落ちはじめたのかもしれない」

「落ちはじめる？」

「木星の衛星になるということです。広大な宇宙空間では、直線的に正面衝突というケースは少ない。引力圏の影響で、ゆるやかな曲線を描いて衝突していく。遠心力と引力がたまたま釣り合えば、重力がゼロに近づき、落下衝突がずっと先に延び、いつまでも廻り続ける。それが衛星ということです」

「ほう」

「しかしこれも、未来永劫ではない。衛星も、多くは落ちる軌道上にある」

「月もですか？」

「月もその可能性があります。ガニメデには、固有の磁場があると私は予想しています。もしそうなら、この衛星内部には溶けた金属核があるということで、ダイナモ構造の起こる何らかの理由がある」

この説明は、よく解らなかった。

「それはつまり、この衛星の上にも引力がある……」

するとバーナードは、小声のまま、咳き込むような早口になった。目は、少しもロンを見ない。

「引力は、質量を持てば自動的に発生する。すべての物質にある、ものを引きつける力です」

「すべての物質にある……、つまり万有引力？」

「は、はいそうです。太陽系も、そうして発生したのです」

「太陽系が？」

「恒星と恒星の間には、星間ガスや、星間塵と呼ばれるガスや塵が、非常に薄く、まばらに存在していて、これらのガスや塵が、特別濃く集まった場所を星間雲と呼びます。恒星は、こうした星間雲から生まれてくる。

どのようにして生まれるかと言えば、塵やガスの塊が、万有引力によってたがいに引き合い、縮んで凝縮し、固まっていくんです。しかし塵やガスの集合体は回転しているので、ま、まずは円盤状になって、そしてこの円盤の中心に一番重い塊ができ、これが太陽になります。周囲の円盤は取り残されるけど、これらも次第に複数の塊になっていき、それぞれが惑星になっていく。

これらは、さ、最初は微惑星と呼ばれるのだが、互いにくっつき合ったり、衝突してひとつになったり、あるいは壊れたりして、だんだんに大きな惑星に成長していく。た、太陽系の中心寄りでは、岩石と鉄などが主成分の地球型の惑星になって、ガスの濃い外側では、ガスを多く取り込んで、木星型の大型惑星になっていったと考えられます」

説明を終わったバーナードは、じっとうつむいたまま待っている。

「何故内側では木星型の惑星ができなかったのですか？」

ロンは訊いた。するとまたバーナードは、聞き取りづらい小声で話しだす。

「それはす、水素や、揮発性のガスが、中心の太陽の強い燃焼のエネルギーによって、吹き払われるからです。一方太陽から距離の離れた木星は、水素ガスなどをどんどん引きつける。ま、また大型惑星の持つ強力な引力により、太陽系の端にまで弾き飛ばされる微惑星も生じて、これは、彗星になったと考えられます」

「太陽系は、いつ頃できたのですか？」

「この彗星をとらえて分析すれば解るでしょう。み、みんな同時期にできたのだから」

「地球に落ちてくるのを待つのですか？　その彗星が」

「そ、それとも宇宙船に乗って、こちらから彗星の上まで出かけていく。だからまだ解りません、わ、われわれはまだ宇宙船を持っていないから。未来には、きっと判明していることでしょう」

「万有引力というものが、まだピンと来ないのです。すべての物質が持つというのなら、私の体にも引力はありますか？」

ロンは尋ねた。するとバーナードは視線をあげ、ちょっとロンの顔を見た。そしてまた伏せる。

「あなたの体にも、私の体にもあります。私たちがこのサロンの外の廊下に出て、距離をもって立って、もしも仮に廊下の床の摩擦係数がゼ、ゼロであったなら、われわれの体は自然に接近していって、最後にはくっついてしまいます」

「本当ですか」

ロンは言った。

「それは信じがたいが。ふむ、ともかくそれが引力。では星が持つものが重力？」

するとバーナードは、即座に首を横に振った。そしてまた、呟き込むような口調になる。自分に突きつけられた学問的な問題点には、どんなことがあろうとも決着をつけなくてはならないと考えるようで、彼の見せるこういうひたむきさは、公平に見て、犯罪者らしからぬ好ましさだった。

「そ、そうではありません。引力と重力とは違います。地球のような星が持つ引力とは、ただものを引き寄せる力のことで、重力は、それから遠心力を差し引いた力です。地球は自転回転している。だから地表では、遠心力が発生しています。これは生物を含め、ものを浮かせる力として作用します。赤道上で、その力は最大になる。引力からこの力を差し引いたものが、重力です」

「では極点では？」

ロンは言った。

「赤道上とは大きく違うはずですね？」

「え、遠心力はゼロになります」

バーナードは、小声で素早く言った。

「ではものは重くなる」

「そうです」

バーナードはうなずく。

「恐竜も重くなったでしょうな、極点では、中生代も」

ロンは言った。

「そ、そうです」

バーナードは言う。

「あなたのお説によれば、地球の自転速度が速かった時代、赤道上と北極点では、ものの重さが目に見えて違ってきますか？」

「じ、自転の速度によりますが、その通りです」

　バーナードは認めた。

「そういう時代、赤道付近でならティラノサウルスは餌を捕えられるが、極点ではむずかしい、それでいいですか？」

　これにはバーナードは、無言でうなずく。

「では地球の自転の速度によっては、赤道付近では猿人の直立二足歩行も安全だが、極点に向かうほどに、四足とか、前傾姿勢に戻す方がよいという判断になる、それでいいですか？」

　ロンは、自分がこの男の弟子にでもなったような気分がしていた。

「傾向としては……」

　小声で言い、バーナードはうなずいた。

「完全な直立を為したホモサピエンスの女性は、赤道付近でなら安全裏に暮らせるが、極点付近では下腹部の内臓群が下がってきて、女性器から足もとに落下する危険がある、そうですか？」

　ロンが言うと、バーナードはさすがに黙り、うなずきも、首を横に振りもしなかった。

「この時代なら、ホモサピエンスの直立二足歩行は、安全裏に行える進化であり、判断だった。しかしある日突然、遊星衝突によって地球の自転の速度が急激に遅くなり、造物主の計画は狂った」

言葉を停めて見ると、バーナードは目を伏せ、じっとうつむいている。

「そうですね？　そしてあなたはこの仮説を、実際の女性の体を使って実験した、そういうことですね？」

ロンは強い口調になって言いきり、懐から警察のバッジを出して、バーナードの鼻先にぶら下げた。

バーナードは顔をあげ、ちらとバッジを見たが、またうつむく。そのまま沈黙を続けたが、気弱そうな目の光に、強い動揺の気配が加わったのをロンは見ていた。

（下巻につづく）

単行本　二〇一二年九月　文藝春秋刊

文春文庫

アルカトラズ幻想《げんそう》 上

定価はカバーに
表示してあります

2015年3月10日　第1刷

著　者　島《しま》田《だ》荘《そう》司《じ》
発行者　羽鳥好之
発行所　株式会社 文藝春秋

東京都千代田区紀尾井町 3-23　〒102-8008
TEL 03・3265・1211
文藝春秋ホームページ　http://www.bunshun.co.jp

落丁、乱丁本は、お手数ですが小社製作部宛お送り下さい。送料小社負担でお取替致します。

印刷製本・凸版印刷

Printed in Japan
ISBN978-4-16-790313-8

（　）内は解説者。品切の節はご容赦下さい。

島田荘司
溺れる人魚
ポルトガル・リスボン。ほぼ同時刻に二キロ離れた場所で同じ拳銃により死亡した二人。不可能犯罪の裏には、稀代の名女性スウィマーを襲った悲劇が。表題作などロマン溢れる四篇。
し-17-8

島田荘司
最後のディナー
石岡と里美が英会話学校で知り合った孤独な老人は、イヴの夜の晩餐会の後、帰らぬ人となった。御手洗が見抜いた真相とは？「龍臥亭事件」の犬坊里美が再登場！　表題作など全三篇。
し-17-9

篠田節子
コンタクト・ゾーン（上下）
南国のリゾートに出掛けた真央子、祝《しゅく》子《こ》、ありさの三人組は、内乱により戦場と化した島にとり残される。生きて日本に帰ることができるのか？　スリルと感動の千三百枚。（山内昌之）
し-32-7

篠田節子
ホーラ　—死都—
十数年の不倫関係を続ける女性ヴァイオリニストの亜紀と建築家の聡史。エーゲ海の孤島を訪れた二人に次々と襲い掛かる恐怖は、罰なのか。華麗なるゴシック・ホラー長篇。（山本やよい）
し-32-10

柴田よしき
桃色東京塔
警視庁捜査一課の岳彦がやってきたI県縹村。捜査のパートナーは夫が殉職したばかりの地元の警官・日菜子。迫る事件が二人の距離を変えていく「遠距離恋愛」警察小説。（新津きよみ）
し-34-14

柴田よしき
恋雨《こいさめ》
恋も仕事も失った茉莉緒は、偶然の出会いから若手俳優・雨森海のマネージャーに。だが海の周辺で殺人事件が起き、茉莉緒は真相を追う。芸能界を舞台にした傑作恋愛ミステリー。（畑中葉子）
し-34-15

真保裕一
追伸
交通事故に遭った妻と、五十年前に殺人容疑で逮捕されていた祖母。二人の女が隠そうとした真実は何なのか。それを明かしたのは、夫婦の間で交わされた手紙だった——。（村上貴史）
し-35-6

最愛
真保裕一
十八年間、音信不通だった姉が頭に銃弾を受け病院に搬送された。それは、姉が殺人を犯した過去を持つ男との婚姻届を出した翌日の事だった。姉は何をしていたのか──。（大矢博子）
し-35-7

スメラギの国
朱川湊人
新居に決めたアパートの前には、猫が集まる不思議な空き地。それが悲劇の始まりだった。最愛のものを守るために死闘する人と猫。愛と狂気を描く長篇ホラーサスペンス。（藤田香織）
し-43-3

DANCER　ダンサー
柴田哲孝
遺伝子工学の研究所から消えた謎の生命体《ダンサー》。ストーカーに悩む踊り子・志摩子の周囲で起こる奇怪な殺人事件に『TENGU』『KAPPA』の有賀雄二郎が挑む。（西上心太）
し-50-1

コズミック・ゼロ　日本絶滅計画
清涼院流水
元日の午前零時、全国の初詣客が消えた。それが謎の集団〝セブンス〟が仕掛けた日本絶滅計画の始まりだった。鬼才が放つ、まったく新しいパニック・サスペンス！（森　博嗣）
せ-10-1

緋《あか》い記憶
高橋克彦
思い出の家が見つからない。同窓会のため久しぶりに郷里を訪ねた主人公の隠された過去とは……。表題作等、もつれた記憶の糸が紡ぎ出す幻想の世界七篇。直木賞受賞作。（川村　湊）
た-26-3

地を這う虫
高村　薫
──人生の大きさは悔しさの大きさで計るんだ。夜警、サラ金とりたて業、代議士のお抱え運転手……。栄光とは無縁に生きる男たちの敗れざるブルース。「愁訴の花」『父が来た道』等四篇。
た-39-1

虚構金融
高嶋哲夫
汚職事件で特捜部の事情聴取を受けた財務官僚が死んだ。自殺との発表に疑問を持ち、独自捜査を始めた検事の周囲で不審な事件が……。日米の政財官界にまたがる国際謀略サスペンス。
た-50-4

（　）内は解説者。品切の節はご容赦下さい。

高嶋哲夫
ファイアー・フライ
研究所に勤める仕事一筋の木島優二は、社長の身代わりに誘拐され横領の濡れ衣まで着せられてしまった。あげくに妻は上司と不倫中。舐められすぎた男のどん底からの痛快な大逆転。
た-50-6

高野和明
13階段
前科持ち青年・三上は、刑務官・南郷と記憶の無い死刑囚の冤罪をはらす調査をするが、処刑まで時間はわずか。無実の命を救えるか？　江戸川乱歩賞受賞の傑作ミステリー。（友清　哲）
た-65-2

高野和明
K・Nの悲劇
若い夫婦に訪れた予想外の妊娠。経済的理由から中絶を決意した時、妻に異変が起きる。治療を開始した夫と精神科医を襲う壮絶な事態。恐ろしくも切ないサイコホラー傑作。（春日武彦）
た-65-3

辻村深月
太陽の坐る場所
高校卒業から十年。有名女優になった元同級生キョウコを同窓会に呼ぼうと画策する男女六人。だが彼女に近づく程に思春期の痛みと挫折が甦り……。注目の著者の傑作長編。（宮下奈都）
つ-18-1

堂場瞬一
虚報
有名教授が主宰するサイトとの関連が疑われる連続自殺事件。それを追う新聞記者がはまった思わぬ陥穽。新聞報道の最前線を活写した怒濤のエンターテインメント長編。（青木千恵）
と-24-4

堂場瞬一
凍る炎　アナザーフェイス5
「燃える氷」メタンハイドレートをめぐる連続殺人事件。刑事総務課のイクメン大友鉄最大の危機を受けて、「追跡捜査係」シリーズの名コンビが共闘する特別コラボ小説！
と-24-6

夏樹静子
風の扉
染織工芸界の巨匠が弟子の恨みを買い、殺された。しかし、事件はいっこうに報じられない。なぜなら、殺したはずの男が生きていたからだ……医学ミステリーの名作の新装版。（板倉　徹）
な-1-30

夏樹静子
てのひらのメモ
シングルマザーの千晶は、喘息の子供を家に残して出社し死なせてしまう。市民から選ばれた裁判員は彼女をどう裁くか？裁判員法廷をリアルに描くリーガル・サスペンス。（佐木隆三）
な-1-31

永瀬隼介
退職刑事
親子の葛藤、悪徳警官の夢、迷宮入りの悔恨……様々な事情を抱え、職を辞した刑事たちに訪れた〝最後の事件〟。刑事という特殊な生態を迫真の筆致で描く警察小説短篇集。（村上貴史）
な-48-4

永瀬隼介
刑事の骨
連続幼児殺人事件の捜査を指揮する不破は、同期の落ちこぼれ田村の失敗で犯人をとり逃す。十七年後、定年後も捜査を続けていた田村の遺志を継ぎ、不破は真犯人に迫る。（村上貴史）
な-48-5

永井するみ
希望
三人の老婦人が殺害された。犯人は十四歳の少年。五年後、少年院を退院した彼が何者かに襲われる。犯人は誰か、そして目的は——。事件周辺の人々の心の闇が生んだ慟哭のミステリー。

な-55-1

新田次郎
山が見ていた
少年を轢き逃げしたあげく、自殺を思いたち、山に入ったところ、運命は意外な方向に展開する表題作のほか「山靴」「危険な実験」など十四篇を収録した短篇集。（武蔵野次郎）
に-1-28

西村京太郎
新・寝台特急《ブルートレイン》殺人事件
暴走族あがりの男を揉み合う中で殺した青年はブルートレインで西へ。追いかける男の仲間と十津川警部。青年を捕えるのはどちらか？　手に汗握るトレイン・ミステリーの傑作！

に-3-43

西村京太郎
十津川警部　京都から愛をこめて
テレビ番組で紹介された「小野篁の予言書」。前所有者は不審死し、現所有者も失踪した。京都では次々と怪事件が起きはじめた。十津川警部が挑む魔都・京都１２００年の怨念とは！

に-3-44

（　）内は解説者。品切の節はご容赦下さい。

西澤保彦
神のロジック 人間《ひと》のマジック
ここはどこ？　誰が、なぜ？　世界中から集められ、謎の〈学校〉に幽閉されたぼくたちは、真相をもとめて立ちあがった。驚愕と感動！　世界を震撼させた傑作ミステリー。（諸岡卓真）
に-13-2

楡　周平
骨の記憶
東北の没落した旧家で、末期癌の夫に尽くす妻。ある日そこに51年前に失踪した父親の頭蓋骨が宅配便で届いて——。高度成長期の昭和を舞台に描かれる、成功と喪失の物語。（新保博久）
に-14-2

二階堂黎人
鬼蟻村マジック
鬼伝説が残る山奥の寒村を襲った凄惨な連続殺人事件。五十八年前に起こった不可解な密室からの犯人消失事件の謎ともども、名探偵・水乃サトルが真相を暴く！（小島正樹）
に-16-2

似鳥　鶏
ダチョウは軽車両に該当します
ダチョウと焼死体がつながる？　——楓ヶ丘動物園の飼育員「桃くん」と変態（？）「服部くん」、アイドル飼育員「七森さん」、そしてツンデレ女王の「鴇先生」たちが解決に乗り出す。
に-19-2

貫井徳郎
夜想
事故で妻子を亡くした雪藤が出会った女性・遥。彼女は、人の心に安らぎを与える能力を持っていた。名作『慟哭』の著者が、「新興宗教」というテーマに再び挑む傑作長篇。（北上次郎）
ぬ-1-3

貫井徳郎
空白の叫び（上中下）
外界へ違和感を抱く少年達の心の叫びは、どこへ向かうのか。殺人を犯した中学生たちの姿を描き、少年犯罪に正面から取り組んだ、驚愕と衝撃のミステリー巨篇。（羽住典子・友清　哲）
ぬ-1-4

乃南アサ
紫蘭の花嫁
謎の男から逃亡を続けるヒロイン、三田村夏季。同じ頃、神奈川県下で連続婦女暴行殺人事件が……。追う者と追われる者の心理が複雑に絡み合う、傑作長篇ミステリー。（谷崎　光）
の-7-1

乃南アサ
水の中のふたつの月

偶然再会したかつての仲良し三人組。過去の記憶がよみがえるとき、あの夏の日に封印された暗い秘密と、心の奥の醜さが姿をあらわす。人間の弱さと脆さを描く心理サスペンス・ホラー。

の-7-5

乃南アサ
自白
刑事・土門功太朗

事件解決の鍵は、刑事の情熱と勘、そして経験だ——。昭和の懐かしい風俗を背景に、地道な捜査で犯人ににじり寄っていく刑事・土門功太朗の渋い仕事っぷりを描いた連作短篇集。

の-7-9

花村萬月
象の墓場
王国記Ⅷ

八ヶ岳山麓に拠点を移し、いよいよ神の「王国」は動きだした。だが朧は、不可思議な力を発揮し王国の住人の尊崇を集める息子・太郎をみて、自分が真の王ではないことを悟るのだった。

は-19-10

秦　建日子
殺人初心者
民間科学捜査員・桐野真衣

婚約破棄され、リストラされた真衣。どん底から飛び込んだ民間科捜研で勤務早々、顔に碁盤目の傷を残す連続殺人に遭遇する。「アンフェア」原作者による文庫書き下ろし新シリーズ。

は-45-1

樋口有介
夏の口紅

十五年前に家を出たきり、会うこともなかった親父が死んだ。形見を受け取りに行った大学生のぼくを待っていたのは、二匹の蝶の標本と、季里子という美しい「妹」だった……。（米澤穂信）

ひ-7-8

樋口有介
窓の外は向日葵《ひまわり》の畑

夏休みの最中に、東京下町の松華学園、江戸文化研究会の部員が次々と失踪。高校二年生の青葉樹と元警官で作家志望の父親が事件を辿ると、そこには驚愕の事実が！（西上心太）

ひ-7-9

東野圭吾
秘密

妻と娘を乗せたバスが崖から転落。妻の葬儀の夜、意識を取り戻した娘の体に宿っていたのは、死んだ筈の妻だった。推理作家協会賞受賞の話題作、ついに文庫化。（広末涼子・皆川博子）

ひ-13-1